H. Z. BAUER

Sein Geheimnis ist ihr Schicksal

Roman

1. Auflage 2021

Umschlaggestaltung: canva
Eigenverlag

ISBN: 9798464315464
Imprint: Independently published

Eigentümerin, Herausgeberin, Autorin:
Helga Zöchbauer
Schlatten 12
A-3244 Ruprechtshofen
hzbauer@gmx.net

Kapitel 1

Lauras Entscheidung, New York für immer zu verlassen, war unwiderruflich besiegelt, als ihr klar wurde, dass ihr Mann nicht bei einem Unfall ums Leben gekommen war.

Sie rannte kreuz und quer durch ihre Wohnung und stopfte wahllos Dinge in ihre Reisetasche.

Noch nie hatte sie sich auf ein Stück Reisegepäck beschränken müssen. Verdammt, was sollte sie bloß mitnehmen?

Selbst für einen einwöchigen Trip nahm sie normalerweise zwei Koffer. Doch nun musste sie nicht nur einplanen, was sie für einen Urlaub brauchte, sondern die Entscheidung, was sie mitnahm, betraf ihr restliches Leben.

Sie hatte nicht vor zurückzukehren, oder besser gesagt, traute sich nicht, wiederzukommen. Sie war gezwungen, sich von all ihren Habseligkeiten zu trennen. Jetzt beim Packen dachte sie dabei hauptsächlich an all ihre Kleidung und Schuhe, aber letztlich konnte sie nicht einmal die Fotoalben und Andenken aus ihrer Kindheit oder von ihrer Familie mitnehmen.

So fühlte sich also Flucht an.

Allein bei dem Gedanken packte sie die nackte Angst. Panik. Aber sie musste jetzt klar denken. Sie konnte sich nicht von dem Chaos in ihrem Kopf und der Furcht vor den Leuten, die Simon umgebracht hatten, ablenken lassen.

Offiziell gab es keine Mörder, denn laut Polizei handelte es sich um einen Unfall. Gemäß Polizeibericht hatte ihr Mann die Dienste einer Domina in Anspruch genommen und bei der Ausübung sadomasochistischer Sexpraktiken mit seinem Leben bezahlt.

Nicht nur sein Leben war ausgelöscht, sondern bald auch ihres, wenn sie jetzt einen Fehler machte.

Denn Laura vermutete, dass sich ihr Mann mit den falschen Leuten eingelassen hatte oder ein krummes Ding gedreht hatte. Anders konnte sie es sich nicht erklären. Er war Edelsteinhändler, in dieser Branche ging es normalerweise korrekt zu. Er hatte aber in letzter Zeit ein großes Geheimnis um seine Geschäfte gemacht. Es mangelte ihnen nie an Geld, im Gegenteil sie führten ein luxuriöses Leben und Simon hatte einen Hang dazu, das Geld mit beiden Händen beim Fenster hinauszuwerfen. Er wollte immer mit den Großen der New Yorker Society mitmischen und das wurde ihm vermutlich zum Verhängnis.

Laura war geschockt über die Nachricht seines Todes, doch im Herzen traf es sie nicht. Sie hätte nicht für möglich gehalten, dass sie sein Tod so kalt lassen würde. Nicht einmal die Tatsache, dass er sie mit einer Nutte betrogen hatte, wunderte sie. Denn ihre Ehe bestand nur mehr auf dem Papier.

Die Art und Weise, wie ihr die Polizisten die Nachricht überbrachten, war so beschämend. Der Ältere der zwei behandelte sie wie ein kleines Dummerchen. »Sie müssen jetzt stark sein, Ihr Mann hatte einen Unfall.« Dabei grinste der jüngere Beamte lüstern und zog sie fast mit seinen Blicken aus. Sie kam sich so erniedrigt vor. Nicht dass es schon peinlich genug war, als ihr der Ältere in schönen Worten umschrieb, dass ihr Mann bei einer Domina gestorben war, dem jungen Polizisten dürfte die Vorstellung gut gefallen haben.

Simon lebte schon seit längerem sein Leben ohne Rücksicht auf sie und sie war mit seinem Lebensstil nicht einverstanden. Sie brauchte all die Dinge nicht. Er konnte nicht genug von teuren Autos, Uhren und dem Luxusleben bekommen. Sie erfreute sich auch an schönen Dingen, aber dafür reichte ihr ein Museumsbesuch oder ein Spaziergang im Central Park.

Die Kleider, die sie sich immer wieder für gesellschaftliche Events kaufen musste, gefielen ihr zwar, aber sie hatte genug davon. Die Diamantcolliers, die sie zur Schau tragen musste, fand sie wunderschön, dennoch bedeuteten sie ihr nichts. Sie brauchte das alles nicht unbedingt, im Gegenteil, es war ihr zu oberflächlich. Das war nicht der Sinn des Lebens, aber alles drehte sich nur darum, ihrem Mann zu entsprechen. Nicht einmal, um ihm zu gefallen, sondern nur um so zu sein, wie er sie haben wollte, damit es für ihn von Vorteil war. Ihr Mann lebte dafür, immer mehr zu erreichen und dann doch nicht zufrieden zu sein. Sie waren grundverschieden und das zarte Band der Liebe, das sie einmal verbunden hatte, hatte sich schon bald nach der Hochzeit aufgelöst. Langsam und unbemerkt war da nichts mehr zwischen ihnen. Deshalb tat es jetzt nicht so weh. Sie bedauerte seinen Tod, doch er hatte sich angeblich mit den falschen Leuten angelegt und war selbst schuld. Dass sie durch sein dummes Verhalten nun in Gefahr war, ärgerte sie am meisten. Ja, sie war wütend, wütend, weil sie jetzt mit allem abbrechen musste. Irgendwo neu anfangen, unerkannt untertauchen.

Zwar hatte sie vorerst genug Geld und das erleichterte die Flucht, aber sie hatte sich nie um die Finanzen gekümmert. Es war ja ausreichend da und für sie als Ehefrau, die nur den gesellschaftlichen Part an der Seite ihres Mannes erfüllte, hatte sie mehr als genug. Doch für einen Neuanfang und ein jahrelanges Untertauchen würden ihr die Mittel bald ausgehen. Mit diesen Leuten war nicht zu spaßen und das hatten sie mit der Ermordung ihres Mannes definitiv bewiesen.

Für die Presse mochte es so aussehen, als ob ein bekannter Edelsteinhändler bei der Ausübung seiner sexuellen Vorlieben bei einer Prostituierten unglücklicherweise ums Leben gekommen war. Doch sie wusste es besser. Nicht nur weil sie an solche Zufälle nicht glaubte, sondern, weil sie noch genau die Nachricht vor Augen hatte, die sie heute früh erhalten hatte:

»Wir holen uns die Diamanten am Freitag! Wenn etwas schiefläuft, dann endest du wie dein Mann.«

Sie wusste nicht einmal, von welchen Diamanten sie sprachen. Ihr Mann machte seine Geschäfte nur mit Großhändlern. Da lief kein Deal unter mehreren Millionen. In diesen Kreisen zählte nur Vertrauen und jeder Geschäftsabschluss war Ehrensache. Wer sich da etwas zu Schulden kommen ließ, war für immer raus aus dem Geschäft und konnte nie wieder in seinem Leben mit Diamanten handeln. Simon wäre doch nicht so blöd und würde seinen Beruf und seine Leidenschaft leichtfertig aufs Spiel setzen.

Was war da nur schiefgegangen?

Und wo sollte sie die Diamanten herbekommen, die die Mörder verlangten?

Erst vor zwei Stunden war sie auf dem Polizeirevier und hielt einem Polizisten aufgeregt das Handy unter die Nase. Sie erklärte dem diensthabenden Beamten auf dem Revier, dass es sich um Mord handelte, da sie jetzt erpresst wurde. Doch der belächelte sie nur und meinte, sie solle akzeptieren, dass sie nicht die erste Frau sei, die betrogen wurde.

Laura verlangte, die zwei Polizisten zu sprechen, die ihr am Morgen die Nachricht überbracht hatten. Nicht dass sie scharf darauf war, ihnen noch einmal gegenüberzutreten, aber sie erhoffte sich mehr Gehör als von diesem Beamten. Der versprach ihr zwar, dass sich die ermittelnden Kollegen bei ihr melden würden, aber mit einem Blick in die Akte, erkannte sie an seinem schmierigen Grinsen, dass sie sich davon nicht zu viel zu erhoffen brauchte. Er meinte, der Fall sei glasklar und abgeschlossen, ein Unfall. Mit seinen raspelkurzen Haaren und den eiskalten Augen, sah er eher wie ein Verbrecher aus als ein Freund und Helfer. Und eine große Hilfe war er ihr wirklich nicht.

Nachdem er sich ihre Nummer notiert hatte, ließ er sie beinhart stehen.

Daraufhin fuhr Laura in ihrer Verzweiflung zu ihrer Freundin Kate.

Schon seit ihrem Studium an der State University in Albany kannten sie sich und waren beste Freundinnen. Dort wohnten sie Tür an Tür im Studentenwohnheim am Campus und verbrachten eine ausgelassene Studienzeit. Jetzt im Alter von 43 Jahren hatte jede von ihnen ihr eigenes Leben, aber die Verbindung war nie abgerissen.

Sie wohnten nun nicht weit voneinander in der Upper East Side. Laura war schon seit vier Jahren mit Simon verheiratet, doch Kate war bis auf einige unbedeutende Beziehungen noch immer Single.

Im Gegensatz zu Laura arbeitete Kate nach wie vor in ihrem Job als Biochemikerin. Laura hatte ihren Beruf als Dolmetscherin an den Nagel gehängt, um sich ganz auf Simon zu konzentrieren.

Laura erzählte ihrer Freundin von dem katastrophalen Besuch auf dem Polizeirevier. »Du kannst dir nicht vorstellen, wie herablassend mich der Cop angesehen hat. Der wird sicher nichts unternehmen. Der glaubt mir einfach nicht!« Laura fuhr sich frustriert durch die langen Haare und ärgerte sich darüber, dass sie sich mit ihrem Ring in einer Haarsträhne verheddert hatte. Sie hasste ihre langen blonden

Haare, die sie nur so trug, weil sie Simon gefielen. Alleine die stundenlange Prozedur beim Frisör, wenn sie gefärbt wurden und dann die aufwendigen Frisuren für gesellschaftliche Events.

Sie befreite ihre Hand von der Haarsträhne und wunderte sich dabei über Kate. Schon am Telefon bemerkte Laura die tiefe Betroffenheit ihrer Freundin und dass sie Simons Tod merklich mitnahm. Kate kämpfte jetzt mit den Tränen und verschwand kurz in die Küche, um zwei Gläser Wasser zu holen. Als sie zurückkam, war nicht zu übersehen, dass sie geweint hatte.

Laura stand auf und nahm sie in den Arm. »Du brauchst dir um mich keine Sorgen zu machen. Ich schaff das schon. Ich bin so froh, dass ich dich habe.«

Kate drückte sie ganz fest und sagte dann: »Ich helfe dir, wo ich kann. Du musst die Stadt verlassen. Denn, wenn du denen die Diamanten nicht geben kannst, bringen sie dich auch um.«

Laura war klar, dass sie in Gefahr war und untertauchen musste. Jetzt wo sie Kate gegenüber am Tisch saß, konnte sie sich gar nicht vorstellen, vielleicht nie wieder zurückzukehren. Wie lange würde sie Kate wohl nicht sehen können?

Sie musterte ihre Freundin und wollte sich jedes Detail einprägen auf die Gefahr hin, dass sie jetzt für lange Zeit getrennt waren.

Laura beneidete Kate um ihre braunen Haare, die sie als akkuraten Bob trug. Eine unkomplizierte Frisur, die Laura lieber hätte, als ihre blonde Mähne. Aber Simon fand, dass ihr langes, welliges Haar besser stand, also nahm sie die Unannehmlichkeiten, die eine Langhaarfrisur mit sich brachte, in Kauf. Kate war schon immer der rassigere Typ von den beiden gewesen. Ihre dunkelbraunen Haare, die rehbraunen Augen und ihre olivfarbige Haut verliehen ihr eine geheimnisvolle Aura. Laura hingegen ging mit ihren blonden Haaren und blauen Augen in der Menge unter. Sie war mehr das Mädchen von nebenan, während Kate beim Ausgehen immer der Männermagnet war.

Ein Wunder, dass Laura vor ihr geheiratet hatte und Kate nach wie vor Single war.

»Hast du wirklich keine Ahnung, wo Simon die Diamanten aufbewahrt?«, wollte Kate wissen.

»Nein, im Tresor sind sie nicht. Ich habe auch sonst überall nachgesehen. Ich kann mir nicht vorstellen, dass er sie einfach in der Wohnung versteckt hat. Ich habe keine Ahnung, wo sie sind.« Laura atmete hörbar aus und stützte ihren Kopf in die Hände. »Warum bringt er mich in so eine beschissene Lage? Was habe ich ihm getan?«

Kate spielte nervös mit der Kette, die ihr Laura zum Geburtstag geschenkt hatte. Eine feingliedrige Platinkette mit einem einkarätigen Diamanten. Laura erfreute sich immer an der Strahlkraft und Reinheit von Diamanten, doch diese Steine brachten sie jetzt in mächtige Schwierigkeiten. Sie wollte unbedingt die Polizei davon überzeugen, dass es sich nicht um einen Unfall handelte. Doch Kate hielt das aufgrund der ignoranten Cops für keine gute Idee. Sie sah Lauras Leben in Gefahr und riet ihr zur Flucht. »Du musst

Zeit gewinnen. Wenn du selbst hinter die wahren Gründe seines Mordes kommen willst, brauchst du Zeit«, waren ihre Worte, die lange in Laura nachhallten.

Widerwillig musste sie ihrer Freundin Recht geben, obwohl sie nicht wusste, wie sie das alles anstellen sollte.

Kate versprach ihr dabei zu helfen und sie von hier aus, so gut es ging, zu unterstützen. Außerdem wollte sie sich um Simons Beisetzung und später um die Wohnungsauflösung kümmern.

»Du musst aus der Stadt raus, und zwar so, dass das niemand nachverfolgen kann! Du fährst jetzt heim und wir treffen uns in einer Stunde bei der Mietwagenagentur. Wir nehmen meine Kreditkarte für die Kaution, dann scheint dein Name nirgends auf.« Kate war wirklich die beste Freundin. Sie behielt einen kühlen Kopf, das könnte Laura das Leben retten.

Sie war froh, so eine Freundin an ihrer Seite zu haben. Gemeinsam gingen sie schon seit Jugendzeiten durch dick und dünn und auf sie war immer Verlass. Von ihr jetzt in den Arm genommen zu werden, war genau das, was Laura brauchte.

Der Duft von Kates Lieblingsparfum ließ in Laura Erinnerungen an alte Zeiten hochkommen. Immer wenn sie die pudrige Duftnote roch, musste sie an den Ägyptenurlaub vor vielen Jahren denken, in dem Kate sich in den Duft verliebte, den es nur dort in einem speziellen Laden zu kaufen gab. Damals deckte sie sich mit einigen Flaschen ein, denn sie befürchtete, sonst nie wieder an das Parfum zu kommen.

Und sie hatte Recht behalten, sie waren seitdem nicht mehr dort gewesen.

Jetzt an diese unbeschwerten Zeiten zu denken, kam ihr so unwirklich vor. Von einer Minute auf die andere konnte sich ein Leben verändern. Simons Leben war ausgelöscht und ihres in Gefahr. Diese nostalgischen Erinnerungen mussten jetzt warten.

Sie nahm Kate fest in den Arm und löste sich danach nur widerwillig aus der vertrauten Umarmung. Ein Glitzern an Kates linker Hand erregte kurz Lauras Aufmerksamkeit, doch die Zeit drängte und Laura machte sich nach der tränenreichen Verabschiedung auf den Weg in ihr Penthouse.

Kate wird sich doch nicht heimlich verlobt haben. Laura wusste gar nichts von einem Mann in ihrem Leben. Schon seit Jahren war ihre beste Freundin Single und beschwerte sich nie über diesen Zustand.

Aber diese Unterhaltung musste warten, das würden sie ein anderes Mal besprechen. Laura musste sich jetzt auf ihre Flucht konzentrieren und durfte sich keinen Fehler erlauben.

Sie packte eine Reisetasche mit dem Nötigsten, verzichtete auf ihre elegante Garderobe und nahm nur ein paar Jeans, Shirts und Pullis mit. Bequem sollte es sein. Sie würde sich einen Job suchen müssen, um nicht aufzufallen.

Im Badezimmer schnappte sie sich einige Kosmetikartikel und verstaute sie in ihrer Tasche. Dann machte sie sich daran, wenigstens ein paar wichtige Dokumente und ihren Reisepass aus dem Schreibtisch zu holen. Im Schlafzimmer nahm sie aus dem Wandtresor hinter ihrem Lieblingsbild das gesamte Bargeld und die kleinen Goldbarren, die ihr Mann gesammelt hatte. Sie hatte ihn dafür immer belächelt, wenn er sich für jeden Deal, der den Wert von zehn Millionen überstieg, einen Hundert Gramm Barren gekauft hatte. Er liebte es, seine Erfolge zu feiern, und jetzt stand ihr diese zusätzliche Geldquelle gut an. Diamanten befanden sich keine im Tresor. Weder die, von denen die Erpresser sprachen, noch ihre Colliers, die sie auf gesellschaftlichen Events tragen musste, um an der Seite ihres Mannes zu glänzen. Sie wusste gar nicht, wo Simon Steine aufbewahrte, wenn er sie nicht sofort weiterverkaufte. Normalerweise wechselten die Diamanten schnell ihre Besitzer und er war ja nur der Mittelsmann. Simon hatte keine Arbeitsunterlagen zuhause. Sicherheitshalber suchte sie während des Packens die ganze Wohnung nach den Diamanten ab. Aber wie erwartet fand sie nichts.

Simon schloss seine Deals ausschließlich im Diamond Dealers Club in der 47. Straße im Diamond District ab. Deshalb hatte er keine Büroräumlichkeiten, wo sie nachsehen konnte. Er war kein Juwelier, der einen Laden in der 47. hatte, sondern ein Großhändler.

Zuletzt suchte sie die Ladekabel für Laptop und Handy und verstaute alles in der schwarzen Reisetasche. Um all ihre anderen Habseligkeiten würde sich Kate bei der Wohnungsauflösung kümmern.

Ein letztes Mal blickte sie zurück in die Wohnung und dachte an die Jahre, die sie hier meist alleine verbracht hatte. Ihr Mann war selten zuhause und von trauter Zweisamkeit war keine Spur. Wehmütig musterte sie den offenen Kamin. Unbenutzt. Vier Jahre lebten sie schon in dieser großen Penthousewohnung und kein einziges Mal hatten sie es geschafft, einen Abend vor dem Kaminfeuer zu verbringen.

Damals als sie diese neue Wohnung bezogen, hatte sie sich sofort in diesen Kamin verliebt oder in die Vorstellung davor mit ihrem Liebsten ein Glas Wein zu genießen. Dazu kam es nie.

Ihr Mann hatte sich bald nach dem Einzug verändert, wurde kalt und unnahbar und jetzt war er tot.

Wenn sie es nicht schaffte, unbemerkt die Stadt zu verlassen und keine Spuren zu hinterlassen, drohte ihr das gleiche Schicksal.

Sie durfte keine Zeit verlieren. Den Besuch bei der Polizei hätte sie sich sparen können. Das hatte ihr nicht nur zwei wertvolle Stunden gekostet, sondern sie hätte sich gerne die Erniedrigung durch den Polizisten erspart.

Die Reisetasche war alles, was ihr blieb, ein Leben verpackt in schwarzes Nylon. Sie griff nach ihrer Handtasche, zog die Tür hinter sich ins Schloss und fuhr mit dem Lift ins Erdgeschoß. Als sie die Straße betrat, atmete sie einmal tief durch. Die Herbstsonne schickte ein paar wärmende Strahlen durch die Hochhäuser New Yorks. Für Ende September war es warm. Sie winkte sich ein Taxi heran und ließ sich zur nächsten Autovermietung bringen.

Angespannt blickte sie sich immer wieder um, um zu prüfen, ob sie jemand verfolgte. Der Taxifahrer merkte nichts von ihrer Panik und pfiff fröhlich ein Lied. Laura gingen tausend Gedanken durch den Kopf und gleichzeitig war sie unfähig zu denken.

Sie knetete nervös ihre Finger, dabei ertastete sie ihren Ehering. Ein riesiger Diamant strahlte sie an und schien ihr höhnisch ins Gesicht zu grinsen. Hastig nahm sie den Ring vom Finger und steckte ihn ein. Nur eine blasse Stelle an ihrem Ringfinger war nun alles, was von ihrer Ehe übriggeblieben war.

Nervös strich sie sich durchs Haar und überprüfte den Sitz ihrer Ohrstecker. Da prangten ebenso Diamanten in einer Platinfassung, doch die wollte sie weiterhin tragen. Als ihr Simon dieses Geschenk machte, war die Welt noch in Ordnung, das war ganz am Anfang ihrer Beziehung, wo sie noch verliebt ineinander waren. So wollte sie ihn und die gemeinsame die Zeit in Erinnerung behalten, alles andere setzte ihr zu sehr zu. Den Groll und Ärger konnte sie jetzt nicht gebrauchen. Die Enttäuschung war zu groß.

Sie sollte auch ihr Aussehen verändern. Es gab so viele Dinge zu beachten, aber es würde ihr gelingen. Sie wollte sich ihr Leben nicht zerstören lassen.

Als sie am Central Park vorbeifuhren, wurde ihr schwer ums Herz. Die Spaziergänge würde sie vermissen. Fast täglich war sie dort unterwegs und genoss das Grün inmitten der Stadt. Am schönsten war es am frühen Morgen, wenn die Stadt noch schlief.

Allerdings trübten um diese Zeit die freilaufenden Hunde ihre Freude. In New York war es erlaubt von 21 Uhr bis 9 Uhr Hunde in Parks ohne Leine laufen zu lassen. Davon machten viele Hundehalter zu Lauras Leidwesen Gebrauch. Meist waren die Besitzer zwar in der Nähe und schworen immer, dass von ihren Kötern keine Gefahr ausging, aber Laura hatte panische Angst vor Hunden. Da nützte es wenig, wenn man ihr tausendmal versicherte: »Der tut nichts!« Woher ihre Angst vor den Vierbeinern rührte, wusste sie gar nicht, aber es war ihr auf alle Fälle lieber keinem zu begegnen. Trotzdem würde sie die Spaziergänge im Park vermissen.

Nach einem kurzen Stopp an einer Bankfiliale, wo sie sich mit genug Bargeld für die nächsten Monate eindeckte, setzten sie ihren Weg zur Autovermietung fort. Von dort aus würde sie der Stadt für immer den Rücken kehren. Im Kopf ging sie die zwei Optionen durch, die nahe lagen. Wohin sollte sie fliehen? Sie wusste nicht genau, was mehr Sinn machte. In den Norden oder Süden? Philadelphia oder Boston? Sie fühlte sich verloren, wie gern hätte sie sich mit Kate besprochen. Aber sie musste jetzt beginnen, ihr Leben selbst in die Hand zu nehmen. Da in ihrem Kopf ein absolutes Durcheinander herrschte, beschloss sie, ihren Bauch entscheiden zu lassen. Mit Boston verband sie schöne Kindheitserinnerungen und sie konnte jetzt ein gewisses Gefühl von Heimat und Sicherheit gebrauchen, auch wenn sie das nicht vor den Mördern beschützen würde.

Kapitel 2

Es war ihr gelungen. Ohne Aufsehen war Laura von New York nach Boston gekommen. Bei der Mietwagenagentur hatte sie einen alten Ausweis vorgelegt, der auf ihren Mädchennamen lautete. Die Kaution hatte sie mit Hilfe von Kates Kreditkarte hinterlegt und so hoffte sie, ohne Verwendung ihrer Karte sicher zu sein.

Auf dem Weg nach Boston fiel ihr Blick bei einer Tankstelle auf die Tageszeitungen und sie erblickte das Bild ihres Mannes. So sehr sie auch versuchte, sich ganz und gar auf ihr neues Leben zu konzentrieren, holte sie da schon ihre Vergangenheit ein. Es tat ihr leid, dass Simon tot war, aber als sie gleich neben seinem Bild ein sehr aufreizendes Foto der Prostituierten sah, bei deren Sexspielchen er angeblich ums Leben gekommen sein sollte, lief es ihr eiskalt über den Rücken. Was war nur passiert und wieso kam es überhaupt so weit? War es ein Wink des Schicksals, der sie aus ihrem traurigen Alltag riss? Ohne Simons Tod hätte sie vermutlich noch Jahre ihres Lebens verschwendet. Ihr war nicht klar gewesen, dass sie sich und ihre Ziele so aufgegeben hatte. Vor ihrer Hochzeit hatte sie ihr Dasein in vollen Zügen genossen. Ihre Arbeit als Dolmetscherin machte ihr viel Spaß, sie liebte die damit verbundenen Reisen und die Gesellschaft anderer Menschen. So hatte sie auch Simon damals kennen und lieben gelernt, aber danach verschwand die Freude allmählich still und leise aus ihrem Leben. Unbemerkt schlich sich ein Alltag ein, der so gar nicht zu ihr passte. Das war nicht sie. Sie hatte sich verloren. In dieser Stadt, in ihrer Beziehung. Nicht nur ihren Beruf, sondern auch sich selbst hatte sie aufgegeben. Sie schwor sich, dass ihr das nicht noch einmal passieren würde. Nie wieder würde sie ihr Leben und sich selbst für einen Mann aufgeben.

Hier in Boston und fernab von ihrem früheren Leben hoffte sie, alles hinter sich lassen zu können.

Sie bezog eine kleine Mietwohnung in einem alten Wohnhaus und bewarb sich bei einer Arbeitsagentur.

Die Wohnung war erschwinglich, möbliert und in einem ruhigen Wohnviertel. Von dem kleinen Balkon aus konnte sie durch die Bäume des gegenüberliegenden Parks den Ozean sehen. So sehr sie den Central Park auch vermisste, hier konnte sie sogar entlang des Strandes spazieren gehen. Sie sah sich schon die Pleasure Bay umrunden und freute sich, so nah am Wasser zu sein. Es würde zwar auch in Boston Hunde geben, aber sie hoffte zumindest nur Angeleinte.

Die Wohnung war kein Vergleich zu ihrem Luxuspenthouse in New York, aber sie war froh überhaupt eine erschwingliche Bleibe gefunden zu haben. Eigentlich bestand das Apartment nur aus zwei Zimmern. Ein kleines Schlafzimmer mit angrenzendem Bad und ein Wohnraum mit einer Küchenzeile. Einziges Highlight neben der ausgezeichneten Lage am Wasser war der winzige Balkon mit schmiedeisernen Geländer, der Richtung Ozean ausgerichtet war. Der Blick auf das endlose Meer beruhigte sie.

Die Mörder ihres Mannes würden sie hier sicher nicht vermuten. Außerdem konnte sie die Miete in bar zahlen. Die Tochter des Hauseigentümers, die ihr die Schlüssel übergab, war unkompliziert und einmal abgesehen von ihrem eigenwilligen Kleidungsstil wirkte sie mit ihren langen Dreadlocks sehr nett. Vor allem stellte sie keine Fragen. Es war fast zu schön, um wahr zu sein.

Beim nächsten Supermarkt deckte sich Laura mit dem Notwendigsten ein und besorgte sich ein neues Handy. Ein Prepaidmodell, das nicht mit ihr in Verbindung gebracht werden konnte. Als sie in ihrem alten Telefon nach Nummern suchte, die sie abspeichern wollte, wurde ihr erst schmerzlich bewusst, in welcher aussichtslosen Lage sie war. Eine einzige Nummer blieb ihr, die sie in ihr neues Handy übernahm, die ihrer besten Freundin Kate. Alle anderen gehörten zu ihrem alten Leben, mit dem sie nun Schluss machte.

Ein letztes Mal scrollte sie durch die wenigen Fotos und schwelgte in Erinnerungen, um danach alles zu löschen. Sie entfernte die Simkarte und schnitt sie mit einer Schere durch. Dann ließ sie das Handy auf den Fliesenboden fallen und entsorgte beides im Müll. Sie setzte sich an ihren Laptop und beantragte online einen Postnachsendeauftrag. Sie füllte das Formular aus und war froh über das digitale Zeitalter, das so vieles vereinfachte. Mit dem Abschicken des Formulars hatte sie symbolisch die letzte Verbindung zu ihrem alten Leben abgebrochen.

Laura unterdrückte ihr erleichtertes Seufzen nicht. Es kam zaghaft, denn für einen Triumph, das wusste sie, war es zu früh. Erst jetzt merkte sie, mit welcher Wut sie das erfüllte und Tränen kullerten ihr über die Wangen. Sie war nun alleine. Kate war ihr in New York immer eine Hilfe, aber hier in Boston war sie auf sich gestellt.

Ein eigenartiges Prickeln überkam sie, eine Mischung aus Angst und Vorfreude. Sie war eine eigenständige, selbstbewusste junge Frau, die ihr Leben früher selbst in der Hand hatte und sie wollte das zurück. Sie war entschlossen dafür alles zu tun, was nötig war und freute sich auf die Aussicht, ein selbstbestimmtes Leben zu führen. Ohne Rücksicht auf die Pläne oder Launen eines Partners. Jetzt war sie an der Reihe!

Die Angst vor den Killern trübte ihre Vorfreude auf ein neues Leben allerdings. Sie musste die Hintergründe der Tat in Erfahrung bringen.

Im Internet suchte sie die Nummer des Polizeireviers in New York heraus, in dem sie damals war, nachdem sie die Erpressernachricht erhalten hatte. Falls sich neue Entwicklungen ergaben, wollte sie auf dem Laufenden gehalten werden. Widerwillig rief sie dort an und hoffte, nicht wieder als die hysterische Ehefrau abgestempelt zu werden, die den Betrug ihres Mannes nicht akzeptieren konnte. Sie schilderte den Fall und verlangte, ihre neue Handynummer zur Akte zu legen, damit sie über Neuigkeiten informiert wurde.

Zu ihrem Pech hatte Laura wieder den Beamten in der Leitung, der damals Dienst hatte, als sie ihm die Nachricht gezeigt hatte. Sie hörte sogar durchs Telefon seine schmierige Art und konnte sein hämisches Grinsen direkt vor sich sehen. Aber wenigstens versprach er, ihre Nummer zu notieren. Das war alles, was sie jetzt tun konnte.

Laura erkundete die Umgebung und kam immer mehr zur Ruhe. Den Weg um die Pleasure Bay hatte sie jetzt schon zu ihrer Lieblingsroute für lange Spaziergänge auserkoren. Die Meeresbrise und der Blick übers Wasser gaben ihr ein Gefühl der Freiheit, so als würden ihr alle Möglichkeiten offenstehen.

Doch die Angst vor den Mördern ließ sie nicht zur Ruhe kommen. Ständig verfolgte sie online die Nachrichten, um zu überprüfen, ob nicht doch Ermittlungen aufgenommen wurden und nicht mehr nur von einem Unfall ausgegangen wurde.

Die Polizei aber beharrte auf ihrem Verdacht, dass ihr Mann unter unglücklichen Umständen ums Leben gekommen war. In jeder Berichterstattung wurden die Bilder von ihm und der Prostituierten gezeigt. Laura starrte auf das Gesicht und die kalten Augen der Frau. Ihr Blick war durchdringend.

Was ging nur vor sich in dieser Nacht, und wie war diese Nutte in die Sache mit den Diamanten verwickelt?

Von der Arbeitsagentur bekam sie schon nach zwei Tagen einen Job als Haushälterin bei einem Immobilienmakler angeboten. Es war zwar nur eine Teilzeitstelle, aber das war für den Anfang völlig in Ordnung. Sorge bereitete ihr, dass sie auch wirklich unerkannt blieb. Denn es war möglich, dass ihr neuer Arbeitgeber sie von Pressefotos kannte. Es gab viele gesellschaftliche Anlässe, bei denen die Schönen und Reichen der Ostküste zusammenkamen. Da musste sie in Betracht ziehen, dass sie sich schon einmal über den Weg gelaufen waren oder er Fotos in der Boulevardpresse von ihr gesehen hatte. Allerdings bezweifelte sie, dass sich ein Immobilienmakler aus Boston für Klatsch und Tratsch aus New York interessierte. Auch wenn von ihm viele Fotos im Internet zu finden waren. Er war Teil der Bostoner Society und scheinbar ein begehrter Frauenschwarm. Mit seinem gepflegten Äußeren, dem athletischen Körperbau, den man unter den Maßanzügen vermuten konnte und dem attraktiven Gesicht sah er sehr gut aus. Auf jedem Foto war er von wunderhübschen Damen umringt. Aber wenn sie ehrlich war, reichte es nicht, ihn einfach nur als gut aussehend zu bezeichnen. Sie fand ihn hinreißend.

Er war ein Kunstwerk.

Sein glatt rasierter Kopf erinnerte sie an Jason Statham und seine außergewöhnlichen Wangenknochen zeugten von einer Verwandtschaft, die aus dem mediterranen Raum stammte. Obwohl sie Zweifel hatte, musste sie das Angebot der Agentur einfach annehmen, denn sie wollte nicht gleich negativ auffallen, indem sie so einen guten Job grundlos ablehnte. Außerdem hatte ihr ihre Vorgängerin versichert, dass sie in Ruhe ihre Arbeit erledigen konnte, da ihr Arbeitgeber nie zu Hause war. Sie selbst bekam ihn nur zweimal zu Gesicht, obwohl sie schon einige Jahre für ihn gearbeitet hatte. Die Arbeit umfasste alles, was im Haushalt zu erledigen war. Sie putzte, wusch seine Wäsche oder brachte die Anzüge in die Reinigung, erledigte seine Einkäufe und machte kleinere Besorgungen. Nur kochen musste sie nicht und dafür war sie mehr als dankbar. In ihrem früheren Leben gingen ihr Mann und sie nämlich oft in Restaurants oder ließen sich Essen liefern, wenn es denn vorkam, dass sie beide zu Hause waren. Meist verbrachte sie die Abende aber allein, und für eine Person zu kochen war ihr zu aufwendig. Sie gab sich deshalb oft mit einem Müsli oder einem Salat zufrieden oder nahm sich etwas von einem der unzähligen Läden in der Stadt mit.

Für ihren neuen Chef zu kochen, wäre eine Herausforderung gewesen. Deshalb war sie mehr als froh, ihre miesen Kochkünste nicht an einem Fremden auslassen zu müssen.

Dass sie hier unter diesen Umständen und mit anderem Aussehen wiedererkannt wurde, war also eher unwahrscheinlich. Denn sie hatte es tatsächlich auf der Fahrt nach Boston geschafft, bei einem Friseur anzuhalten, der zufällig einen Termin frei hatte. Dieser war zwar unglücklich, über den Wunsch ihr langes, blondes Haar abzuschneiden und zu tönen, aber es half nichts. Eine Veränderung musste her und auch ein unkomplizierter Look. Sie hatte ihre lange Mähne sowieso nie gemocht. Sie würde in ihrem neuen Leben nicht mehr die Zeit und das Geld haben, mehrmals im Monat zum Friseur zu gehen und sich verschönern zu lassen. Außerdem würde es keine Anlässe mehr dafür geben. Keine aufwendigen Steckfrisuren und teure Spezialbehandlungen für seidig glänzendes Haar und einen makellosen Teint. Einfach und schnell musste sie jetzt mit ihrem Äußeren zurechtkommen. Schließlich würde sie damit arbeiten und nicht auf gesellschaftlichen Events glänzen müssen. Außerdem gefiel ihr der brünette Longbob sehr gut. Es war fast befreiend, als die Haare abgeschnitten wurden. Sie war richtig erleichtert. Das sollte ihr persönlicher Neuanfang werden.

Heute war Freitag. Der Freitag, an dem die Mörder ihres Mannes die Diamanten holen wollten. Den ganzen Tag blickte sie ungeduldig auf ihr Handy und wusste dabei gar nicht, was sie eigentlich erwartete. Die Typen würden sie ja wohl nicht anrufen, sie hatte sich ja ein neues Handy besorgt. Erst heute würde ihnen auffallen, dass sie unter ihrer alten Nummer nicht mehr erreichbar und nicht in New York aufzufinden war.

Hatte sie auch wirklich keine Spuren hinterlassen?

Ihr krampfte sich bei dem Gedanken der Magen zusammen.

Sie erledigte die restlichen Arbeiten im Haus und machte sich dann auf den Nachhauseweg. Der Herbst hatte schon

Einzug gehalten. Sie liebte normalerweise das bunte Laub an den Bäumen und genoss das Rascheln der trockenen Blätter. Doch dieser Herbst war anders. Sie schlurfte durchs Laub am Gehweg zur Bushaltestelle, doch das angenehme Gefühl wollte sich nicht so recht einstellen. Die Herbstsonne schien ihr zwar warm ins Gesicht und die Luft war kühl und frisch, doch sie war trotzdem verkrampft und blickte sich andauernd um. Ihre Gedanken spielten verrückt. Sie atmete ein paar Mal tief durch und schloss die Augen, während sie auf den Bus wartete.

Am Nachmittag checkte sie im Internet die Lokalnachrichten aus New York. Sie wusste nicht genau, nach was sie suchte. Aber untätig herumsitzen konnte sie auch nicht. Laura war mit den Nerven am Ende und ein Häufchen Elend. Was würde jetzt wohl passieren?

Sie zermarterte sich das Gehirn und sprang dann vom Sofa auf und machte sich einen Tee. Irgendwie musste sie sich ablenken und beruhigen. Mit einer Decke und der Tasse Tee kuschelte sie sich auf die Couch und dann fielen ihr auch schon die Augen zu.

Laura wurde von einem Klopfen geweckt. Ihr war gar nicht bewusst, dass sie eingeschlafen war. Noch schlaftrunken setzte sie sich auf und horchte genauer hin. Draußen war es schon dunkel und sie wusste gar nicht, wie spät es war. Ein kalter Schauer jagte über ihren Rücken und sie bekam Gänsehaut.

Wer konnte vor der Tür sein?

Die Mörder ihres Mannes?

Zitternd stand sie auf und schlich zur Tür, um durch den Spion zu sehen. Es war dunkel in der Wohnung, deshalb konnte man annehmen, dass gar keiner zuhause war. Woher wussten die überhaupt ihre Adresse? Ein schwacher Lichtstrahl war unter dem Türspalt zu sehen und sie stellte sich auf die Zehen, um durch das kleine Guckloch in der Tür zu spähen.

Als sie die zarte Gestalt einer Frau mit wuscheligem Haar wahrnahm, fiel ihr ein Stein vom Herzen. Sie erkannte in ihr die Tochter des Vermieters, die ihr vor ein paar Wochen die Schlüssel für die Wohnung übergeben hatte. Rasch drehte sie den Schlüssel im Schloss und öffnete ihr die Tür. Vor ihr stand Sarah, die unter ihr wohnte, in wallende, grell bunte Kleider gehüllt. Ein Hippie, wie er im Buche stand.

»Entschuldige, dass ich so spät störe, aber ich wollte nur nachfragen, ob bei dir alles in Ordnung ist oder ob du etwas brauchst?«, sprudelte es aus ihr heraus und sie schien nicht still stehen zu können. Laura gähnte und hielt sich die Hand vor den Mund. »Kein Problem, ich bin nur eingeschlafen und ... wie spät ist es eigentlich?« Laura blinzelte gegen das grelle Licht der Flurlampe und strich sich die zerzausten Haare glatt.

»20 Uhr, war wohl ein harter Tag heute?«, meinte Sarah schmunzelnd.

Das war Lauras Stichwort, denn plötzlich kamen ihr wieder die Bilder und Gefühle von ihrer Flucht und dem heutigen Freitag in den Sinn. Das schrie förmlich nach einem Glas Wein und darum bat sie die quirlige, junge Frau herein.

»Hast du dich schon eingelebt? Falls du etwas brauchen solltest, kannst du dich immer an mich wenden, denn mein Vater ist meist nicht erreichbar. Ich kümmere mich um dieses Wohnhaus, das erspart mir die Miete.« Grinsend reichte ihr Sarah die Hand und dabei warf sie sich eine Strähne ihrer Dreadlocks aus dem Gesicht.

Laura wusste in diesem Augenblick, dass sie in ihr eine Freundin gefunden hatte. Zwar war Sarah einige Jahre jünger als sie und auch viel bunter, aber sie mochte ihre Frohnatur.

Bei einem Glas Wein auf dem Sofa lernten sie sich besser kennen und aus Sarah sprudelte es nur so heraus. Laura erfuhr von ihr, dass ihr Vater mehrere Wohnhäuser in Boston besaß und dass sie in der Wohnung unter ihr nicht nur wohnte, sondern auch ein kleines Atelier hatte. Da die Verkäufe nur unregelmäßig und mehr schlecht als recht liefen, übernahm sie den Job als Hausverwalterin und ihr Vater erließ ihr dafür die Miete.

Die Zeit war schnell verflogen, Laura und Sarah besaßen eindeutig den gleichen Humor. »Bei Gelegenheit musst du mich einmal besuchen und ich zeige dir meine Kunstwerke«, meinte Sarah nach einer Stunde und verabschiedete sich herzlich. Mit einem Lächeln auf den Lippen schloss Laura hinter ihr die Türe und fühlte sich seit langem wieder einmal unbekümmert und leicht. Sarah hatte sie mit ihrer lebhaften Art von allem abgelenkt.

Das schrille Piepsen ihres Handys riss sie aus ihren Gedanken und ließ sie zusammenzucken. Sie musste sich unbedingt einen anderen Klingel- und Nachrichtenton einstellen. Ein Blick auf das Display verriet ihr, dass Kate anrief.

»Hallo Laura, dein Concierge hat mich gerade angerufen, in eure Wohnung wurde eingebrochen. Er kann sich nicht erklären, wie das vor sich ging, niemand ist an ihm vorbeigekommen.«

Laura stockte der Atem, sie hatten nach den Diamanten gesucht. »Wurde etwas gestohlen?«

»Auf den ersten Blick nicht, aber er meinte, die Polizei bräuchte eine genaue Aufstellung der Wertgegenstände. Es scheint einiges verwüstet worden zu sein, aber ich werde mir erst morgen selbst ein Bild davon machen.«

»Danke Kate. Aber pass auf dich auf! Vielleicht sollten wir die Wohnung gleich räumen lassen.«

Gemeinsam überlegten sie die Vorgehensweise und Kate wollte sich um alles kümmern. Laura wusste gar nicht, was sie ohne ihre beste Freundin machen sollte. Sie war ihr so eine Stütze in dieser schweren Zeit. Sie vermisste sie.

In New York trafen sie sich öfter auf eine Tasse Kaffee. Lauras Spaziergänge und ehrenamtliche Tätigkeit bei der Bowery Mission machte sie größtenteils alleine. Da erteilte ihr Kate meist eine Abfuhr, wenn sie sie dazu bewegen wollte. Laura half in einer Suppenküche für Obdachlose. Nicht, dass sie dort gekocht hätte, das könnte man den armen Leuten nicht zumuten. Sie war beim Ausgeben der warmen Mahlzeit behilflich. Bei den vielen Events, die sie mit Simon besuchen musste, konnte sie Geld- und Sachspenden für die Mission sammeln. Wenigstens dafür waren diese langweiligen Veranstaltungen gut, sie knüpfte Kontakte und appellierte an das Gewissen der New Yorker High Society. Zu den Feiertagen zeigten sich diese besonders großzügig und wenn es dann einen Zeitungsbericht dazu gab, waren viele bereit, sehr spendabel zu sein.

Kate war daran nicht interessiert, obwohl ihr Laura immer von dem guten Gefühl vorschwärmte, das ihr die gemeinnützige Arbeit gab. Aber ihre beste Freundin hatte jedes Mal eine andere Ausrede. Laura selbst konnte dort ihre freie Zeit sinnvoll nutzen und davon hatte sie dank Simon mehr als genug. Er war viel unterwegs und kam oft spät abends erst nach Hause. Laura hatte es satt einfach nur auf ihn zu warten und stieß mehr durch Zufall vor drei Jahren auf die Bowery Mission in Manhattan. Es machte sie glücklich, etwas Gutes zu tun und die Freude in den Gesichtern der obdachlosen Menschen zu sehen. Das Leben konnte sich von einer Sekunde auf die nächste schlagartig ändern. Sie hatte das nun am eigenen Leib erleben müssen, obwohl sie noch immer in der glücklichen Lage war, ein Dach über dem Kopf zu haben.

In dieser Nacht konnte Laura nicht einschlafen, zu viele Gedanken schwirrten ihr im Kopf herum und ließen sie nicht zur Ruhe kommen. Als sie dann doch in einen unruhigen Schlaf verfiel, quälten sie furchtbare Alpträume und am Morgen wachte sie gerädert auf.

Glücklicherweise hatte sie samstags frei und sie versuchte, sich abzulenken, in dem sie im Internet über ihren Mann recherchierte. Irgendwo musste sie doch einen Hinweis auf seine geheimen Machenschaften finden. Sie wusste so wenig von ihm und ärgerte sich über ihre blauäugige Art und dass sie ihm blind vertraut hatte. Wie sollte sie aber an Informationen kommen und das Versteck der Diamanten finden? Ihre eigenen Recherchen im Internet fielen dürftig aus und die Polizei glaubte ihr nicht. Was blieb ihr da? Sie könnte einen Detektiv darauf ansetzen, doch von Boston aus würde der nicht viel ausrichten können. Außerdem musste sie sich Gedanken machen, wo sie ihr ganzes Bargeld und das Gold ihres Mannes verstecken konnte. Momentan lagerte sie alles unter der Schmutzwäsche im Wäschekorb im Badezimmer, nicht gerade das beste Versteck. Um sich abzulenken und ihren Frust loszuwerden, brachte sie ihre Wohnung auf Hochglanz. Arbeiten im Haushalt zu erledigen gab ihr immer ein befriedigendes Gefühl, da sah man sofort Resultate und konnte sich zumindest eine Zeitlang daran erfreuen. Die Enge der Wohnung drückte allerdings bald aufs Gemüt und Laura musste hinaus. Sie schnappte sich eine Weste und verließ das Haus. Im Vorgarten traf sie auf Sarah, die gerade den Müll rausgebracht hatte. »Du hast es aber eilig, wo willst du hin?«

»Ich brauche frische Luft und muss auf andere Gedanken kommen. Begleitest du mich?«

»Ja gern, warst du schon am Carson Beach, dort gibt es ein kleines Café mit leckerem Eis.«

Gemeinsam schlenderten sie am Strand entlang und Sarah erzählte ihr etwas über die Gegend und ihre Lieblingsplätze. Obwohl Sarah in einer komplett anderen Welt zu leben schien als Laura, lauschte sie trotzdem interessiert ihren Schilderungen. Sarah war zehn Jahre jünger und allein ihr Äußeres ließ darauf schließen, dass sie in einem Paralleluniversum lebte. Ihr Kleidungsstil war gewöhnungsbedürftig, aber die schrillen Farben und bunten Muster passten zu ihr und ihrer Persönlichkeit.

Laura war froh, auf andere Gedanken zu kommen und genoss die frische Meeresbrise. Bei Molly Moo's kauften sie zwei leckere Eiskaffees to Go und spazierten wieder zurück. Mit Sarah konnte man in eine ganz andere Welt eintauchen, sie sah alles so unbeschwert und locker. Laura kam sich dagegen so alt und konservativ vor. Ihr Leben hatte die Leichtigkeit und Sorglosigkeit schon lange verloren. Alles verlief seit der Heirat mit Simon nach einem starren Muster. Da sie ihre Arbeit aufgegeben hatte, musste sie sich eine Beschäftigung suchen und so sehr ihr die ehrenamtliche Tätigkeit in der Mission und ihre Freizeit gefielen, so verkrampft kam ihr auch alles im Nachhinein vor. Es war Zeit, wieder mehr an sich selbst zu denken und aus starren Mustern auszubrechen. Die Routine bei ihrer Arbeit gefiel ihr zwar, aber den Rest wollte sie jetzt selbst gestalten und auch einmal spontan sein.

Nach einigen Tagen fühlte sich Laura in der Villa ihres Arbeitgebers schon wie zuhause. Es war eine willkommene Ablenkung, für das Leben eines anderen Menschen verantwortlich zu sein, denn ihr eigenes war zur Zeit ein einziges Chaos. Hier war alles unkompliziert, endlich wurde sie wieder gebraucht und konnte einer sinnvollen Tätigkeit nachgehen. Sie hatte damals ihren Job als Dolmetscherin Simon zuliebe aufgegeben, weil die damit verbundenen Reisen, ihre Beziehung belasteten. Er verlangte immer öfter von ihr, ihn auf Veranstaltungen zu begleiten. Das gesellschaftliche Leben war ihm derart wichtig, dass er so gut wie kein Event ausließ, das er beruflich als gewinnbringend ansah. Für sie hieß das nur, jederzeit bestens auszusehen, immer neue Garderobe zu kaufen, damit man ja nicht das gleiche Kleid auf zwei Festen trug. Sie vermisste diese Verpflichtungen nicht. Lieber zog sie Jeans und T-Shirts an. Sie musste sich unbedingt einen Gürtel besorgen, denn ihre Hosen wurden ihr alle zu weit. Sie vergaß oft auf das Essen, da sie sich so viele Gedanken machte, dass ihr der Appetit verging. In diesem fremden Haus fühlte sie sich wohler und heimischer als sie es je in ihrer New Yorker Wohnung war. Erst jetzt merkte sie, wie trostlos ihr Dasein in den letzten Jahren war und wie sehr sie ihr Leben zugunsten Ihres Mannes aufgegeben hatte.

Am Abend telefonierte sie lange mit Kate, die ihr erzählte, dass sie die Sterbeurkunde von Simon erhalten und die Bestattung veranlasst hatte. Die Wohnung hatte sie ebenfalls gekündigt und bis Ende des Jahres, musste sie diese räumen lassen. Sie wollte Laura die Papiere zum Unterzeichnen schicken. Gemeinsam überlegten sie, welche Möbel und Gegenstände sie spenden, wegwerfen oder einlagern sollte.

Es war Realität, Laura brach mit ihrem alten Leben ab. Es fühlte sich so fremd an, aber sie blickte optimistisch in die Zukunft. Was blieb ihr auch anderes übrig.

Wenn sie mit dem Bus zur Arbeit fuhr, sah sie sich immer zweimal um und überprüfte, ob ihr niemand folgte, oder sie jemand im Bus beobachtete. Es gab Tage, da fühlte sie sich sicher und an anderen Tagen hatte sie panische Angst entdeckt zu werden. Nach Nächten, in denen sie von schlimmen Alpträumen geplagt wurde, war ihr Verfolgungswahn besonders stark.

Als sie heimkam, traf sie auf Sarah, die gerade die Wohnung verlassen wollte. Ein blau-rot karierter Jumpsuit mit einer übergroßen, knallgelben Weste sprangen ihr als Erstes ins Auge.

»Hallo, kommst du mit zum Flohmarkt am Starlight Square? Da gibt's immer Schnäppchen zu ergattern.«

Laura graute vor großen Menschenmengen, besonders jetzt, wo sie sich so beobachtet und verfolgt fühlte. Das konnte sie Sarah natürlich nicht sagen. »Ich hab heute keine Lust. War ein anstrengender Tag, ich freu mich schon aufs Sofa.«

»Ach, komm das wird sicher lustig.« Sarah tanzte um sie herum und wirbelte ihre bunte Tasche in die Luft.

»Vielleicht ein anderes Mal. Ich wünsch dir viel Spaß und zeig mir dann, was du gekauft hast.«

»Also gut, bis später, vielleicht finde ich für dich auch etwas.«

Laura schmunzelte, sie befürchtete schon, in Zukunft mit einem farbenprächtigen Batikshirt herumlaufen zu müssen. Sie hätte Sarah gerne begleitet, nicht nur um den Kauf eines extrem bunten Mitbringsels zu verhindern, sondern um wieder einmal einen unbeschwerten Nachmittag mit einer Freundin zu verbringen. Sie hoffte, bald wieder frei und unbekümmert leben zu können. Dieses Versteckspiel würde sie auf Dauer nicht aushalten.

Bei der Arbeit versank Laura wieder in Gedanken. Sie wusch die Wäsche ihres Arbeitgebers, bügelte gleich daneben und fragte sich, ob dieser Mann genauso war wie Simon. War er geldgierig und ging bei seinen Geschäften über Leichen? Hatte er eine Freundin? Verheiratet war er nicht, so viel wusste sie von ihrer Vorgängerin.

Im ganzen Haus waren keine Fotos, die Inneneinrichtung verriet nichts über die Persönlichkeit ihres Chefs. Alles war geschmackvoll und edel. Hatte das seine Freundin oder ein Innenarchitekt ausgesucht? War er geschieden, hatte er Kinder? Im Haus lebte er jedenfalls alleine. Die Wäsche und das wenig benutzte Geschirr ließen darauf schließen. Aber eigentlich ging sie das auch gar nichts an. Es war nur ein Job und sie musste ihr Leben wieder auf die Reihe bekommen. Doch irgendwie fühlte es sich nicht nur wie ein Job an.

Kapitel 3

Gedankenverloren starrte Marc Belstaff auf den Bildschirm seines Computers. Vor ihm lag die Unterschriftenmappe, die ihm seine Sekretärin vor einer halben Stunde gebracht hatte, doch er konnte den Blick nicht von der jungen Frau am Bildschirm abwenden. Das ging ihm in den letzten Tagen oft so.

Er war der Eigentümer einer großen Immobilienfirma und ein begehrter Mann in der Bostoner Society. Trotzdem zog ihn die Unbekannte auf dem Bildschirm mehr in ihren Bann, als die Millionendeals auf seinem Schreibtisch.

Warum nur? Er war Single und konnte jede Frau in der Stadt haben, egal ob Model, Schauspielerin oder so manche Unternehmergattin, die sich auf der Suche nach einer besseren Partie gerne an ihn wandten.

Doch irgendetwas an der Unbekannten übte eine unwiderstehliche Anziehung auf ihn aus. Und wie er sich eingestehen musste, lenkte sie ihn von seiner Arbeit ab und beherrschte in letzter Zeit seine Gedanken.

Seit er zufällig auf seinem Computer das Überwachungsprogramm entdeckt hatte, ertappte er sich immer wieder dabei, auf das diskrete Icon auf dem Desktop zu klicken. Sein Bruder hatte es ihm damals beim Einzug in sein neues Haus installiert.

Tom. Der Jüngere von beiden, war ein Technikgenie und schon von Berufs wegen ein absoluter Kontrollfreak. Er war ein Navy SEAL. Ein Kämpfer, der die härteste Militärausbildung der Welt absolviert hatte. Im Gegensatz zu Marc.

Marc hatte seine Sturm und Drang Zeit hinter sich. Mit seinen 52 Jahren war er eher einer von der ruhigen Sorte. Er ergötzte sich nicht an materiellen Dingen, obwohl sein Haus luxuriös und alles darin teuer war. Doch das hatte er eher dem erlesenen Geschmack seiner Innenarchitektin zu verdanken. Darum kümmerte er sich weniger. Er umgab sich gern mit schönen Sachen, aber was im Leben wirklich zählte, war etwas anderes, das man mit Geld nicht kaufen konnte.

Denn trotz Erfolg und Ansehen war da eine gewisse Leere in seinem Leben, trotz der Gesellschaft all der Menschen, die ihn Tag für Tag umgaben, fühlte er sich einsam.

All die Frauen, die sich ihm an den Hals warfen, waren nur auf sein Geld aus. Das mochte für schnellen Sex keine Rolle spielen, doch in letzter Zeit hatten diese One-Night-Stands an Reiz verloren und er sehnte sich nach einer Beziehung. Denn er konnte die Absichten der Ladys genauso riechen wie ihre schweren Parfums, wenn sie sich ihm offenherzig anboten. Sie widerten ihn an, er ertrug diese Oberflächlichkeiten nicht mehr. Schon seit Monaten wehrte er alle Annäherungsversuche ab und ging nach jeder Veranstaltung allein nach Hause. Sehr zum Leidwesen der Damen und der Presse, denen er keinen neuen Stoff mehr für Klatsch und Tratsch lieferte. Sein Interesse am weiblichen Geschlecht war so gut wie nicht mehr existent.

Diese zarte Frau auf dem Bildschirm aber regte etwas in ihm, das er nicht näher beschreiben konnte.

Beschützerinstinkt? Neugierde? Aber warum?

Für seine alte Haushälterin Conquita interessierte er sich doch auch nicht. Und die hatte er sogar ein- oder zweimal persönlich getroffen, weil er früher heimgekommen war. Seit sie wieder zurück nach Mexiko zu ihrer Familie ging, hatte ihm die Agentur eine neue Haushaltshilfe vermittelt. Diese wurde von Conquita in ihre Arbeitsbereiche eingeführt, sodass er sich um nichts kümmern musste.

Marc hatte noch keinen persönlichen Kontakt zu der Neuen gehabt. Die Arbeit wurde gewissenhaft erledigt und im Haus war alles so perfekt wie noch nie. Diese Frau dürfte ein Händchen für so ein Anwesen wie seines haben.

Vielleicht war es auch das, was ihn so faszinierte an ihr. Dass sie sich nicht wie eine Haushälterin oder Reinigungskraft verhielt. Sie erledigte ihre Arbeit mit so einer Anmut und Selbstverständlichkeit, dass man glauben konnte, es wäre ihr Haus. Sie passte dorthin. Er machte sich eindeutig zu viele Gedanken über sie. Er hatte genug andere Dinge im Kopf, auf die er sich konzentrieren musste. Das Immobiliengeschäft war in den letzten Jahren immer härter geworden. Die Zeiten, wo man als Makler einfach leerstehende Wohnungen und Häuser zum Kauf anbot, waren vorbei. In diesem Geschäft mischten einige ausländische Firmen mit und es ging um immer größere Beträge. Das Ganze nahm schon mafiöse Zustände an und war nicht ungefährlich.

Aber das war nicht nur in seiner Branche so. Erst kürzlich hatte er in der Zeitung gelesen, dass in New York ein Edelsteinhändler ermordet wurde, der wahrscheinlich auch ein Stück des großen Kuchens abhaben wollte. Sich da mit den falschen Personen einzulassen, konnte tödlich enden, wie in diesem Fall. Zumindest hegte ein Journalist des Magazins diesen Verdacht, denn offiziell war der Typ bei einer Domina ums Leben gekommen. Auch tragisch, aber er konnte sich gut vorstellen, dass die Vermutung mit dem Zusammenhang seines Mordes und seinen Geschäften wahrscheinlicher war.

Er lockerte den Krawattenknoten, während er der Haushälterin dabei zusah, wie sie einen schweren Wäschekorb die Treppe hinunterschleppte. Fiel bei einem Mann tatsächlich so viel Wäsche an? Warum musste sie sich so abmühen? Wenn sie nicht vorsichtig war, würde sie damit noch die Stiegen runterfallen und sich verletzen. Vielleicht sollte er die Wäsche in Zukunft selber in den Keller bringen.

Die Stimme seiner Sekretärin riss ihn aus seinen Gedanken. Sein nächster Termin wartete und sie kündigte schon den Besucher im Konferenzraum an. Widerwillig trennte er sich vom Bildschirm. Die Unterschriftenmappe blieb unverrichteter Dinge auf seinem Tisch liegen. Nach der Besprechung kam er an seinen Arbeitsplatz zurück und musste zu seinem Bedauern feststellen, dass seine Haushälterin nicht mehr da war.

So ging das schon seit einer Woche, Marc war wie fixiert auf die Überwachungskameras zuhause, so dass er in seinem Unternehmen immer unproduktiver wurde. Energisch wandte er den Blick vom Bildschirm seines Computers ab. Er wollte einen Stapel Unterlagen durcharbeiten, ließ sich jedoch immer wieder von seiner Haushälterin am Bildschirm ablenken.

An einem anderen Tag beobachtete er sie, wie sie das Badezimmer putzte. Mit welcher Hingabe und Bestimmtheit sie die Fliesen und Armaturen auf Hochglanz brachte, faszinierte ihn. Er sah ihr gerne bei jeder Arbeit zu, aber besonders angetan war er von ihren Händen. Er könnte ihr ewig zusehen und stellte sich dabei vor, wie diese Hände ihn berührten.

Wie zum Teufel kam er auf solche Gedanken. Noch nie hatte er über die Hände einer Frau nachgedacht. Doch diese Schönheit rührte etwas in ihm, das tiefer ging, als er jemals zuvor bei einer Frau empfunden hatte.

Laura war im Badezimmer und wischte die Fliesen. Es waren keinerlei Wassertropfen an den Wänden zu finden, was entweder auf die Genauigkeit der vorherigen Haushälterin schließen ließ oder darauf, dass ihr Chef nie die Badewanne benutzte. Anscheinend wurden hier keine wilden Partys gefeiert und heiße Spielchen in der Badewanne gespielt. Nur die Dusche und das Waschbecken sahen benutzt aus. Ein pragmatischer Typ war er wohl, das dachte sie sich in jedem Raum. Nur das Nötigste in Verwendung und keinerlei Unordnung. Was ja kein Wunder war, da er den ganzen Tag arbeitete, und sicher am Abend erschöpft und hundemüde heimkam. Das nahm sie zumindest an, vielleicht hatte sie auch ein völlig falsches Bild von ihm und er feierte nächtelang durch und war oft bei seiner Freundin oder traf sich mit anderen Frauen in Hotels. Doch er übernachtete jeden Tag zuhause, das sah sie am zerwühlten Bett, das sie täglich machte.

Beim Glattstreichen der Bettlaken nahm sie seinen männlichen Duft wahr. Sie stellte ihn sich vor, wie er darin aussah, wenn er schlief. Das regte ihre Fantasie noch mehr an. Schon jetzt machte sie sich zu viele Gedanken über diesen Mann. Aber was blieb ihr anderes übrig. Ihr Leben begann bei null. Die tägliche Arbeit war ihr einziger Lebensinhalt.

Dieser Mann ging ihr nicht aus dem Kopf. Dabei war das Letzte, was sie jetzt brauchte, eine neue Beziehung. Schließlich hatte sie vor, ihr Leben neu zu beginnen, nur an sich selbst zu denken. Wie früher Dinge zu machen, die ihr Freude bereiteten und nicht sich gleich nochmal in einer Beziehung zu verlieren. Sie wollte wieder als Dolmetscherin arbeiten, wenn der Spuk mit den Diamanten und ihren Verfolgern vorbei war. Ein normales Leben. War das zu viel verlangt?

Auf der Busfahrt nach Hause beschloss Laura, ein paar Stationen vor ihrer üblichen Haltestelle auszusteigen, um den Rest der Strecke zu laufen. Die Sonne strahlte vom Himmel und für Ende Oktober wärmte sie trotz der kühlen Brise. Laura atmete ein paar Mal tief durch.

Als sie an einer kleinen Bäckerei vorbeiging und ihr ein süßlicher Duft in die Nase stieg, knurrte ihr Magen. Ein Blick in die Auslage überzeugte sie, sich ein paar Croissants zu holen. Sie wollte die Leckereien nicht alleine genießen, deshalb klingelte sie, als sie heimkam, bei Sarah.

Die war heute wieder in grellen Farben gekleidet. Eine übergroße Tunika verdeckte ihren zarten Körper und darunter blitzten Leggins in einem undefinierbaren Muster hervor. Allein der Anblick ließ Laura lächeln und versüßte ihren Tag. Sarah freute sich über die willkommene Ablenkung und zeigte ihr ihre Wohnung und das Atelier. Laura gefielen die expressionistischen Bilder und sie liebte die Atmosphäre der Künstlerwerkstatt. Der Raum war hell und luftig und man fühlte die Inspiration, die von den Kunstwerken ausging. Es standen viele Kisten und Eimer mit Farben und Spachtelmasse an den Wänden. Werkzeugkisten aus altem Holz und mehrere Staffeleien befanden sich vor den Fenstern. In all dem kreativen Chaos würde niemand nach Geld oder Gold suchen. Laura hatte die Idee, ihr restliches Vermögen hier zu deponieren. Beim nächsten Besuch plante sie, es heimlich hier zu verstecken. Sie war sich sicher, dass Sarah nichts dagegen hätte. Aber sie wollte sie nicht unnötig beunruhigen und auch nicht, dass man ihr weitere Fragen stellte, deshalb beschloss sie, ihr nichts davon zu erzählen.

»Ich habe uns was mitgebracht«, sagte Laura und hielt demonstrativ die Papiertüte mit den Croissants in die Höhe.

»Du bist die Beste. Ich wollte sowieso gerade Pause machen. Wie geht´s dir so?«, wollte Sarah wissen und stellte zwei Kaffeebecher zur Kaffeemaschine.

»Ja, alles prima. Meine Arbeit macht mir Spaß und ich liebe die Wohnung. Danke nochmal, dass alles so unkompliziert geklappt hat.« Laura fuhr sich durchs Haar. Sie hatte ein schlechtes Gewissen, weil sie Sarah nicht die Wahrheit sagte. Gegen den Lärm der Kaffeemaschine ankämpfend rief Sarah aus der Küche: »Bitte gern, ich freu mich so, dass du eingezogen bist und nicht jemand anderer. Ich wüsste keinen, mit dem ich jetzt lieber einen Kaffee trinken würde. Naja, Ryan Gosling vielleicht.«

Laura kicherte und wurde sofort an die unbeschwerten Treffen mit ihrer besten Freundin Kate erinnert. Wie sehr sie sie doch vermisste. Als die Kaffeemaschine verstummte, betrat Sarah mit den dampfenden Bechern das Wohnzimmer und setzte sich zu Laura aufs Sofa.

»Ich nehme also an, du hast keinen Freund.« Laura zwinkerte Sarah dabei zu und beide mussten lachen.

»Nein, leider und du?«

»Ich auch nicht und das soll auch in nächster Zeit so bleiben. Ich hatte eine sehr belastende Beziehung und ich will mich jetzt ganz auf mich konzentrieren.«

»Recht hast du«, meinte Sarah. »Frauenpower ist jetzt angesagt. Ich wurde bis jetzt auch nur von den Männern enttäuscht, die können mir gestohlen bleiben. Bis auf Ryan.«

Beide lachten wieder und genossen ihren Kaffee und die Croissants. »Wie läufts mit deinen Bildern?«, wollte Laura wissen und wischte sich einen Krümel von der Lippe.

»Ich hätte die Chance auf eine Ausstellung in einer Galerie, doch nicht einmal die Materialkosten für die Bilder kann ich mir leisten und meinen Vater will ich nicht schon wieder anpumpen.« Sarah zog einen Schmollmund und verknotete am Hinterkopf zwei Dreadlocks, die ihr immer ins Gesicht fielen.

»Vielleicht kann ich dir helfen. Was, wenn ich mich beteilige? Ich habe einen Diamantring, den können wir verkaufen und mit dem Geld kannst du deine Ausstellung finanzieren.«

»Du meinst deinen Ehering? Das kann ich nicht annehmen.«

»Aber ich will ihn loswerden. So wäre er wenigstens von Nutzen!« Laura sah sie eindringlich an und packte sie am Arm. »Lass es uns machen! Frauenpower!«

Da grinste Sarah und willigte ein. Ihre Dreadlocks flogen durch die Luft, als sie sich umdrehte und eine Flasche hervorzauberte. »Das müssen wir aber mit Prosecco feiern!«

Marc betrachtete verlegen, wie seine Haushälterin das Bett machte. Sein Bett. Es fühlte sich nicht richtig an, dass sie sich um seine zerwühlten Laken kümmern musste.

Obwohl das ja ihr Job war, aber er hätte sie lieber in seinem Bett gesehen, als dass er ihr Arbeit damit machte. Er wollte diese Frau unbedingt kennenlernen.

Er beobachtete sie schon seit zwei Wochen und konnte nicht genug von ihr bekommen. Alles an ihr gefiel ihm und es gab immer wieder etwas Neues an ihr zu entdecken.

Sorge bereitete ihm, dass sie so mager war. Es sah so aus, als würde sie von Woche zu Woche abnehmen und immer dünner werden. Ob sie krank war?

Jetzt hatte er ein schlechtes Gewissen. Vielleicht sollte er einmal früher heim und mit ihr reden.

Er wusste gar nichts über sie und wollte doch alles in Erfahrung bringen. Im Internet war über Laura Hunter nichts zu finden. Nervös trommelte er mit den Fingern auf seinem Schreibtisch. Vielleicht wollte sie gar nichts von ihm wissen. Wahrscheinlich war sie verheiratet, obwohl er keinen Ring an ihrem Finger gesehen hatte. Oder sie war in einer festen Beziehung und nicht an ihm interessiert? Sie kannte ihn ja gar nicht. Sie erledigte einfach ihren Job und das ausgezeichnet. Er scheute sich vor einer Begegnung. Es war ihm fast peinlich, dass sie für ihn arbeitete. Warum nur?

Er hatte ja auch kein Problem, dass er 45 Mitarbeiter in seinem Unternehmen beschäftigte. Bei denen war es ihm doch auch egal, wie es ihnen ging. Vielleicht nicht ganz egal, er war sicher ein verständnisvoller Arbeitgeber, aber er brachte keineswegs für einen seiner Mitarbeiter so viel Interesse auf wie für seine Haushälterin.

Laura räumte die Kaffeetasse in die Spülmaschine, da musste sie wieder an ihren Arbeitgeber denken. Er trank seinen Kaffee schwarz mit Zucker. Keine Milch.

Eigentlich konnte ihr das egal sein. Ein eingetrockneter Tropfen war auf dem Tassenrand zu sehen. Dort war sein Mund vor wenigen Stunden. Es war ein eigenartiges Gefühl, einem Menschen so nah zu sein, oder zumindest den Gegenständen, die er zuvor berührt hatte und ihn doch noch nie gesehen zu haben. Es kam ihr so vor, als würde sie ihn berühren, wenn sie Dinge anfasste, die er kurz davor in Händen gehalten hatte.

Laura wurde lautstark aus ihren Gedanken gerissen, als ihr die Tasse aus der Hand rutschte und auf den Küchenboden fiel. Mist. Jetzt hatte sie durch ihre Unachtsamkeit seine Tasse zerstört. Ob das seine Lieblingstasse war? Nein, er hatte nur einheitlich weiße Kaffeetassen im Schrank und davon viele. Wahrscheinlich würde es ihm gar nicht auffallen, dass eine fehlte.

Wie konnte man sich auch derart ablenken lassen, dass einem das Geschirr aus der Hand fiel? Dieser Mann machte sie verrückt, obwohl er gar nicht da war und sie ihn gar nicht kannte.

Marc zuckte zusammen. Gerade beobachtete er seine Haushälterin noch und im gleichen Moment fiel ihr eine Tasse aus der Hand. Überall Scherben. Sie schien sich zu ärgern. Warum nur? Weil er die Kaffeetasse neben der Maschine stehen gelassen hatte? Morgen würde er sie selbst in die Spülmaschine räumen. Hoffentlich schnitt sie sich jetzt nicht an den Scherben. Vielleicht sollte er nach Hause fahren und ihr helfen?

Es klopfte an der Tür und seine Sekretärin kündigte das nächste Meeting an. Das ärgerte ihn, er wollte jetzt nicht gestört werden. Er musste sichergehen, dass sie sich nicht verletzte. Doch sein Termin duldete keinen Aufschub. Wohl oder übel musste er sich jetzt vom Bildschirm abwenden. Das Letzte, was er sah, war, wie sie energisch die Scherben einsammelte und mit einem Lappen den Boden wischte.

Nach dem Gespräch mit einem Mitarbeiter, der einen Millionendeal an Land gezogen hatte, nahm sich Marc ein paar Minuten Zeit. Er wollte sich wieder seinem Bildschirm widmen, doch seine Haushälterin war schon weg. Das ärgerte ihn. Ob sie sich auch wirklich nicht verletzt hatte?

Laura ging die Treppen zu ihrer bescheidenen Wohnung hinauf und freute sich schon, einen Kaffee auf ihrem kleinen Balkon zu genießen. Dort kam sie zur Ruhe, wenn auch nicht immer innerlich. Es war ihre Zeit am Tag, um über alles nachzudenken. Denn abends holten sie die Erinnerung an ihr altes Leben und die Furcht vor den Mördern ihres Mannes ein. Als sie die Beine auf das schmiedeiserne Geländer des winzigen Balkons legte und das Meer rauschen hörte, dachte sie an ihre Freundin Kate. Wie gerne würde sie jetzt mit ihr hier sitzen und eine Tasse Kaffee trinken. Ihr fehlten die vertrauten Gespräche und die unbeschwerten Blödeleien. Sie vermisste die Leichtigkeit, denn was war das für ein Leben, auf der Flucht zu sein.

Die letzten Wochen hatten alles komplett auf den Kopf gestellt. Nichts war mehr so wie früher. Sie mochte sich gar nicht vorstellen, wie es wäre, wenn sie Familie hätte und die jetzt nicht wüsste, wo sie war. Ihre Eltern waren bei einem Autounfall gestorben. Sie hatte eine schöne Kindheit in New York mit ihnen, aber mit zwölf Jahren wurden sie ihr viel zu früh genommen. Ihre Oma hatte sie daraufhin liebevoll bei sich aufgenommen und ihr über diese schwere Zeit hinweggeholfen. Das war auch der Grund, warum sie Boston jetzt als ihren Zufluchtsort ausgewählt hatte. Hier hatte sie ihre Jugend mit ihrer Oma verbracht und nur gute Erinnerungen daran. Obwohl ihre Großmutter schon viele Jahre nicht mehr lebte, verband sie doch mit der Stadt einen gewissen Frieden. Seit sie in Boston war, konnte sie wenigstens wieder regelmäßig das Grab ihrer Eltern und Großeltern besuchen. Die Nähe zu ihnen gab ihr Trost, den sie jetzt so dringend brauchte.

Sie genoss die Abendsonne auf ihrem Balkon und surfte im Internet. Das war eine Ablenkung. Sie googelte ihren Chef und sah sich die Bilder von ihm an, die es zur Genüge online gab. Jeweils umringt von bildhübschen Frauen und auf jedem wichtigen gesellschaftlichen Event der Stadt.

Stets lächelte er in die Kamera, aber sein Lächeln schien seine Augen nicht zu erreichen. Auch konnte man aus der Presse nicht entnehmen, ob er zur Zeit in festen Händen war. Die Fotos ließen nicht darauf schließen, da er jedes Mal mit anderen Damen abgebildet war. Aktuelle Aufnahmen gab es fast keine mehr. Er dürfte sich etwas zurückgezogen haben. Woran das wohl lag? Vielleicht hatte er eine feste Beziehung.

Aber was interessierte sie das überhaupt? Es konnte ihr doch völlig egal sein, mit wie vielen Damen er sich vergnügte oder wie sein Leben aussah. Für sie war es eine vorübergehende Arbeitsstelle zum Untertauchen.

Sie sollte sich lieber Gedanken über ihr eigenes Leben machen und wie das weiterging.

Als Laura nächsten Morgen aufwachte, knurrte ihr Magen. Sie hatte gestern Abend wieder nichts gegessen. Ihr verging einfach der Appetit, wenn sie an ihr altes Leben dachte. Sobald es draußen dunkel wurde, packte sie die Furcht vor der Ungewissheit. War ihr die Flucht wirklich gelungen? Ging nicht alles zu glatt? Was, wenn der Schein trügte und sie ihr schon dicht auf den Fersen waren?

Im Haus ihres Arbeitgebers angekommen, wollte sie wie jeden Morgen seine Kaffeetasse in die Spülmaschine räumen, doch sie war nicht da. Hatte er heute Nacht nicht zuhause geschlafen? Sie lief ins Schlafzimmer, das Bett war benutzt. Die Laken waren wie immer zerwühlt. Vielleicht hatte er verschlafen und keine Zeit mehr für Kaffee heute Morgen.

Zurück in der Küche sah sie in die Spülmaschine und da entdeckte sie die Tasse im oberen Korb. Eigenartig.

Kapitel 4

Die Zeit verging wie im Nu. Schon seit drei Wochen arbeitete Laura für Marc Belstaff. Ihr Leben folgte einer unspektakulären Routine, aber das störte sie nicht. Im Gegenteil, sie fand Gefallen daran. Sie fühlte sich wohl. Es ließ sie ihr früheres Leben vergessen. Es kam ihr ohnehin so unwirklich vor, dass sie New York einfach so hinter sich gelassen hatte.

Die Nachmittage verbrachte sie oft mit Sarah, mit der sie mittlerweile eine tiefe Freundschaft verband. An ihrem unbeschwerten Leben teilzuhaben, brachte Laura auf andere Gedanken und lenkte sie von ihren eigenen Sorgen ab.

An diesem Tag wurde Laura zuhause von einer wahren Farbexplosion im Stiegenhaus überrascht. Sarah hatte sich wieder einmal selbst übertroffen und trug eine eigenwillige Farbkombination. Laura wusste gar nicht, wo sie zuerst hinschauen sollte. Als Erstes sprang ihr das knallorange Haarband in die Augen, das Sarahs Dreadlocks zusammenhielt. Ein buntes enges Top in einem wilden Batikmuster wurde nur spärlich von einer offenen pink-roten Bluse verdeckt und ein wallender Rock in grün-blauem Paisleymuster rundete die wilde Kombination ab. Sarah war so verrückt und genau das liebte Laura so an ihr.

»Komm auf einen Kaffee zu mir!«, rief ihr Sarah von der Kellertreppe aus kommend zu. »Es gibt auch Muffins, habe ich selbst gebacken!«

Dankbar für die Ablenkung sagte sie zu. »Ich hole nur noch schnell den Ring, dann kannst du ihn morgen schon verkaufen!«

Im Badezimmer schnappte sie sich nicht nur ihren Ehering, sondern auch die Tüte mit dem Bargeld und den kleinen Goldbarren. Die wollte sie heute in Sarahs Atelier verstecken. Sicher war sicher. So wusste sie wenigstens ihr Geld in Sicherheit.

Als sie unten bei Sarah klopfte, hörte sie ihre Stimme aus dem Badezimmer: »Komm rein und mach's dir gemütlich, ich bin gleich da!« Laura nutzte sofort die Gunst der Stunde und versteckte ihre Tüte in einer Kiste mit Spachteln, die hinter drei Farbeimern stand und auf der sich noch ein Stapel Papier befand. Selbst wenn Sarah zufällig das Geld finden sollte, wusste sie, dass es nicht verloren war. Beruhigt, sich um diese Sache gekümmert zu haben, konnte sie mit Sarah den Kaffee genießen.

»Hier ist der Ring, verkauf ihn und ich investiere das Geld in dich. Allerdings will ich eine Einladung zu deiner Vernissage.«

Sarah nahm den Ring und war geblendet von dem Funkeln des Diamanten. »So etwas Schönes hab ich noch nie in Händen gehalten! Was ist der wert?«

»Keine Ahnung«, Laura zuckte mit den Schultern. »Hoffentlich ist er echt!« Beide lachten und Sarah verstaute den Ring in einer kleinen Schachtel. »Gleich morgen gehe ich damit zum Juwelier.«

Die Muffins, die sie zum Kaffee aßen, waren köstlich und Laura genehmigte sich gleich drei davon. Es stellte sich heraus, dass Sarah im Gegensatz zu ihr eine begnadete Bäckerin war.

Der Nachmittag machte ihr schmerzlich bewusst, dass sie nicht für das Alleinsein geschaffen war.

Freitags wechselte Laura immer die Bettwäsche im Hauptschlafzimmer. Es gab auch Gästezimmer, doch die wurden nie benutzt, seitdem sie hier arbeitete. Sie entfernte gerade die alten Laken, als sie ein Geräusch im Erdgeschoß wahrnahm. Sie hielt inne und lauschte, aber nichts war mehr zu hören.

Hatte sie sich das nur eingebildet? Ansonsten herrschte Totenstille im Haus. Sie war immer alleine. Mr. Belstaff hatte sie noch nie hier angetroffen. Laura störte die Ruhe sonst nicht, im Gegenteil, so konnte sie sich voll und ganz ihren Tagträumen hingeben.

Doch jetzt kam ihr die Stille unheimlich vor.

Kurz blieb sie regungslos stehen und lauschte angespannt, allerdings war nichts zu hören, also setzte sie ihre Arbeit fort. In diesem Moment nahm sie eine Bewegung aus dem Augenwinkel wahr.

Doch da war es schon zu spät.

Alles ging blitzschnell. Zwei starke Arme umfingen sie von hinten und warfen sie aufs Bett. Ein schwerer Körper landete auf ihrem und ihr rauschten die Ohren, weil ihr durch den heftigen Aufprall die ganze Luft aus den Lungen gepresst wurde. Ihr Herz schlug rasend vor Angst und ihre Ohren klingelten. Während ihr Gesicht brutal ins Kissen gedrückt wurde, begann sich Lauras Blick vom Rand her zu verdunkeln.

Nicht ohnmächtig werden, nicht ohnmächtig werden.

Laura erstickte fast an ihren Tränen und dem dunklen Zorn, der sie durchfuhr. Sie brauchte eine Zeit, bis sie merkte, dass das heftige Keuchen von ihr kam.

Von ihm war nichts zu hören.

Hatten sie die Mörder ihres Mannes aufgespürt?

War er ein Einbrecher oder Mr. Belstaff selber, der über einen eigenartigen Humor verfügte und sie überraschen wollte? Da hörte sie ein leises Lachen dicht an ihrem Ohr.

Der Typ machte sich lustig über sie!

Wut stieg in ihr auf.

Dieses Arschloch!

Marc blieb das Herz stehen.

Als er seine Haushälterin im Schlafzimmer beim Betten machen beobachtete und sich vorstellte, wie es wohl wäre mit ihr darin zu liegen, meldete sein Überwachungssystem eine zweite Bewegung im Gebäude. Jemand kam durch die Haustür. Das konnte, nur wer sein, der einen Schlüssel zum Haus besaß, und da kam nur einer in Frage. Sein Bruder.

Er quartierte sich manchmal zwischen zwei Einsätzen bei ihm zuhause ein. Seine Missionen konnten monatelang dauern und dazwischen blieb oft nur wenig Zeit, sodass es sich gar nicht lohnte, eine eigene Wohnung zu besitzen.

Marc freute sich immer über die gemeinsame Zeit mit seinem kleinen Bruder, doch jetzt kam er denkbar ungelegen und so, wie es aussah, erlaubte er sich einen Scherz mit seiner Haushälterin.

Obwohl sie sich optisch ähnlich sahen, war sein Bruder so ganz anders als er und nach einer erfolgreichen Mission immer ziemlich aufgekratzt. Schon früher war Tom der Aufgewecktere von ihnen, stets draufgängerisch und abenteuerlustig. Marc hingegen war der Ruhigere, besonnen und überlegt. Die acht Jahre Altersunterschied könnten auch ausschlaggebend dafür sein.

Mist, das war nicht gut.

Gar nicht gut.

Seine Haushälterin hatte sicher einen Schock. Hoffentlich hielt sie seinen Bruder nicht für ihn.

Augenblicklich schnappte er sich sein Jackett und seine Autoschlüssel und sprintete vorbei an seiner Sekretärin zum Fahrstuhl. Er hätte zwar lieber weiterhin gesehen, was da bei ihm zuhause vor sich ging, aber er musste die Situation vor Ort klären. Wer wusste schon, was sein Bruder im Schilde führte? Ihn so auf seiner Haushälterin im Bett liegen zu sehen, versetzte ihm einen Stich und sein Magen zog sich schmerzhaft zusammen.

Um ehrlich zu sein, war er stinksauer.

Toms Jagdinstinkt war geweckt, als er die Haustüre öffnete und die Alarmanlage nicht aktiv war. Er hörte ein Geräusch aus einem der Zimmer im Obergeschoß und machte sich sogleich auf den Weg dorthin. Er wusste, dass sein Bruder eine Haushälterin hatte, aber Conquita hörte man normalerweise schon von der Straße aus singen. Heute war es bis auf das Rascheln im Schlafzimmer still. Für ihn war es ein Leichtes sich blitzschnell und unbemerkt anzuschleichen. Als er dann die zierliche Frau am Fußende des Bettes stehen sah, und ihren knackigen Po begutachtete, während sie die Laken glattstrich, da war es um ihn geschehen.

Der ganze Druck der letzten Wochen, die er in der staubigen Hölle Afghanistans verbracht hatte, fiel von ihm ab und sein ohnehin erhöhter Adrenalinspiegel ließ ihn alles rundherum vergessen. Er schnappte sich die brünette Schönheit und warf sich mit ihr aufs Bett.

Zuerst bewegte sie sich gar nicht unter ihm, aber dann versuchte sie, sich panisch zu wehren. Als er sie wimmern hörte, war ihm klar, dass er den Bogen überspannt hatte. Was hatte er sich nur dabei gedacht? Scheiße!

Laura wusste nicht, wie ihr geschah. Sie konnte deutlich seine Erektion an ihrem Po spüren. Das Ganze erregte den Typ. Obwohl sie für ihre Arbeit bezahlt wurde, glaubte der Kerl doch nicht ernsthaft, dass das Sex inkludierte. Sie schwankte zwischen Panik und Wut. Und was, wenn er sich einfach nahm, was er wollte. Sie konnte sich gegen diesen großen Mann nicht wehren, keiner würde sie hören. Panisch versuchte sie, um sich zu schlagen, doch der Kerl fixierte sie erbarmungslos auf dem Bett. Laura zitterte, und ihr Herz klopfte so heftig, dass sie Angst hatte, sich jeden Moment übergeben zu müssen. Tränen brannten in ihren Augen und sie schluchzte.

Plötzlich ließ er sie los, stieg von ihr herunter und sie hörte eine tiefe Stimme sagen: » He, keine Panik, ich hab doch nur Spaß gemacht. Du hast einfach zu verführerisch ausgesehen.«

Laura rappelte sich mühsam auf, sie zitterte am ganzen Körper. Sie hörte wohl nicht richtig. Jetzt war sie schuld an dem Überfall?

Sie musste völlig fertig aussehen. Ihr Chef sah sie peinlich berührt an und setzte gleich wieder zu einer Entschuldigung an. Doch Laura winkte nur mit zitternder Hand ab. Sie wollte gar nichts hören, sie wollte nur weg hier. Anscheinend war es wirklich nur als Scherz gedacht gewesen, denn sanft lächelnd trat das Muskelpaket jetzt von einem Bein auf das andere. Aber ihr war es zu viel. Sie wollte ohnehin nur noch das Bett fertigmachen und dann wäre sie für heute fertig gewesen und gegangen. Also sagte sie ihm das auch so, so weit das ihre zittrige Stimme zuließ und hoffte, dass er den Wink verstand und verschwand.

Und das tat er. Mit einem letzten »Sorry« drehte er sich um und verschwand genauso leise, wie er gekommen war.

Laura war völlig am Ende. Mit fahrigen Bewegungen machte sie das Bett zurecht und wollte nur heim in ihre eigenen vier Wände, sich mit einer Decke auf dem Sofa verkriechen und vergessen, was gerade passiert war.

So hatte sie sich ihre erste Begegnung mit Marc Belstaff sicher nicht vorgestellt. Er war so ganz anders, als sie gedacht hatte. So draufgängerisch, so jung, man konnte ihm fast nicht böse sein. So gar nicht der taffe Businessmann, der eine große Immobilienfirma führte. Doch sie musste zugeben, dass sie der muskulöse Männerkörper nicht kalt gelassen hatte. Jetzt im Nachhinein, denn zuvor hatte sie panische Angst gehabt, vergewaltigt zu werden. Ach, ihr gingen so viele Gedanken durch den Kopf. Sie konnte die kräftigen Arme noch immer spüren, die sie fest umschlungen hatten, und den schweren Körper, der auf ihr lag. Ihre Reaktion auf diesen Zwischenfall rief ihr wieder schmerzhaft in Erinnerung, wie lange sie schon keine echte Nähe mehr erlebt hatte, aufrichtige Liebe und sensationellen Sex. Nicht nur, dass sie hier seit Wochen wie eine Nonne lebte, auch in ihrer Ehe war schon lange kein Gefühl mehr da gewesen. Jetzt wurde ihr erst bewusst, wie sie das vermisste. Diese Gedanken ließen sie noch verwirrter zurück. Sie sollte dringend heim und Abstand zu der peinlichen Situation bekommen.

Peinlich ... das war das richtige Wort. Denn so wirkte ihr Chef jetzt auch, peinlich berührt. Mist.

Eilig rannte sie die Treppe hinunter und hoffte inständig, ihm jetzt nicht mehr zu begegnen. Im Vorbeilaufen schnappte sie ihre Jacke und Tasche und öffnete hastig die Haustür. Nichts wie weg!

Marc hatte die Strecke vom Büro zu seinem Haus noch nie so rasch zurückgelegt. Da kam ihm seine Leidenschaft für schnelle Autos zugute. Er hoffte nur, dass das Bostoner Police Department heute unterbesetzt oder anderwärtig beschäftigt war, denn ein paar gewagte Überholmanöver und eine Kreuzung, die er schon bei Rot überquerte, könnten ihm sonst zum Verhängnis werden.

Er hielt das Lenkrad verkrampft fest und starrte grimmig auf das langsame Auto vor ihm. Energisch trat er wieder aufs Gas und nutzte eine kleine Lücke im Verkehr, um den Wagen zu überholen. Er konnte keinen klaren Gedanken fassen. Ihm gingen die abartigsten Fantasien durch den Kopf. Was war wohl in der Zwischenzeit passiert?

Schon von weitem sah er Toms Jeep in der Einfahrt stehen. Er parkte den Wagen vor dem Haus, obwohl er ihn sonst immer in die Garage stellte, sprang aus dem Auto und sprintete zur Haustür. In dem Moment, als er den Schlüssel ins Schloss stecken wollte, wurde die Haustür von innen aufgerissen und seine Haushälterin fiel ihm direkt in die Arme.

Laura wusste nicht, was hier vor sich ging. Gerade noch atmete sie erleichtert durch, als sie die Tür unbemerkt erreicht hatte. Doch im nächsten Moment rannte sie direkt in die Arme eines anderen Mannes.

Nach den ersten Schrecksekunden trat sie einen Schritt zurück und sah in moosgrüne Augen, die ihr so bekannt vorkamen. Ihr Gehirn spielte heute nicht mehr mit. Wenn sie sich nicht vollends täuschen sollte, sah dieser Mann genauso aus wie ihr Chef. Bei genauerer Betrachtung wirkte er zwar schon ein bisschen reifer und nicht so jungenhaft wie der andere, aber so im Großen und Ganzen sahen sich die Männer zum Verwechseln ähnlich.

Er musste Anfang fünfzig sein und sein haarloser Kopf durfte eine bewusste Entscheidung sein und kein Anzeichen des Alters. Die feinen Linien um die Augen und den Mund ließen sein attraktives Gesicht nur stärker und reifer wirken. Wobei attraktiv die Untertreibung des Jahrhunderts war.

Dieser Mann war mit seinen fein geschwungenen Lippen und der vollkommen geformten Nase weit mehr als nur attraktiv.

Wer war dann aber der andere?

Ein »Hi Bruderherz, du auch da?« hinter ihrem Rücken riss sie unsanft aus ihren Gedanken und der überaus angenehmen Umarmung dieses Mannes, der den Blick von ihr abwendete, und an ihr vorbeischaute. Mit einem grimmigen Gesichtsausdruck erwiderte er die Begrüßung barsch: »Was fällt dir ein! Was soll das?«

Laura löste sich jetzt endgültig aus den Armen des Mannes und drehte sich zu dem anderen um.

Doch der stand nur da, grinste frech und meinte: »Sonst bin ich hier immer willkommen. Du willst sie wohl ganz für dich alleine haben.«

Laura verstand die Welt nicht mehr.

Was sollte das?

Von was redeten die zwei?

Marc musste sich definitiv beruhigen. Er schüchterte seine Haushälterin sonst noch mehr ein. Sie wirkte völlig verstört und verwirrt. Sie blickte von ihm zu seinem Bruder und wieder zurück. Er musste die Situation unbedingt aufklären. Aber er spürte sie noch immer in seinen Armen. Obwohl sie sich schon aus seiner Umarmung gelöst hatte, konnte er noch ihren Duft riechen und spüren, wie gut sie sich in seinen Armen angefühlt hatte. Wie richtig.

Er sah sie nur an. Das braune Tuch, das sie um den Hals trug, unterstrich ihren zarten Teint. An jemand anderem hätte die Mischung aus blasser Haut und brünettem Haar eintönig gewirkt, doch ihre blauen Augen waren so blau und so warm, und ihre Lippen waren so atemberaubend ...

Marc fand sie unglaublich schön. Sie war noch schöner, als auf den Überwachungsvideos rüberkam. Er räusperte sich und versuchte, ruhig zu wirken: »Miss Hunter, es tut mir leid, aber es handelt sich hierbei um ein Missverständnis. Ich bin Marc Belstaff und mir gehört dieses Haus. Das ist mein kleiner Bruder Tom, der mich überraschenderweise heute besucht hat.«

Dabei warf er Tom einen verärgerten Blick zu und wandte dann seine ganze Aufmerksamkeit wieder auf seine Haushälterin. Diese stand wie angewurzelt dicht vor ihm und schaute mehr als ratlos von Tom zu ihm. Sie wollte etwas sagen, aber es kam kein Ton über ihre Lippen. Ihm wurde klar, dass er sie viel zu lange angesehen hatte und einfach ihren wundervollen Duft eingeatmet hatte. Ihre Köpfe waren so nah beieinander. Wenn ihre Nähe ihn nicht ohnehin schon vollkommen durcheinandergebracht hätte, wäre es spätestens in dem Moment der Fall gewesen, in dem sie den Blick auf seinen Mund richtete. Sie sah ihm schnell wieder in die Augen, doch sie hatte sich verraten. Ihre Körpersprache mochte unbeabsichtigt sein, aber sie war unmissverständlich. Er gefiel ihr.

Er berührte sanft ihren Ellbogen und schob sie wieder zurück ins Haus. Beim Anblick ihrer verwirrten und zugleich neugierigen Augen sprach er beruhigend auf sie ein: »Wir können das alles bei einer Tasse Kaffee klären.«

Doch Laura war nicht nach Kaffee. Ihre Gefühle spielten verrückt. Das war also gar nicht ihr Chef, sondern sein Bruder. Die beiden sahen sich wirklich sehr ähnlich und da sie Marc Belstaff ja nur von Fotos aus der Presse kannte, bemerkte sie nicht sofort die Verwechslung.

Sie war froh, dass das Missverständnis geklärt war, und eigentlich hätte ihr gleich auffallen müssen, dass der übermütige Draufgänger niemals ihr Chef sein konnte. Dieser strahlte auf den Fotos immer so eine Ruhe und Gelassenheit aus, die sich mit dem Verhalten seines Bruders überhaupt nicht vereinbaren ließ. Aber es ging so schnell und im Nachhinein war immer alles klarer. Trotzdem wollte sie nur nach Hause. Sie musste ihre Eindrücke ordnen und weg von den zwei Männern, die sie unablässig musterten und jeden ihrer Gedanken in ihrem Gesicht zu lesen schienen.

Sie stammelte eine Entschuldigung und brachte noch ein knappes »Bis Montag« heraus, dann schlüpfte sie an Marc

Belstaff vorbei und lief den Gehweg entlang in Richtung ihrer Bushaltestelle.

Marc konnte den Blick nicht von ihr abwenden. Er sah ihr nach, wie sie den Gehweg entlang lief und am Ende der Straße ums Eck verschwand. In natura sah sie zarter und schöner aus, als auf den Bildern der Überwachungskameras. Sie war aber sichtlich durcheinander und er konnte es ihr nicht verübeln, dass sie wegwollte. So gern er sie hierbehalten hätte, musste er sie doch laufen lassen, um sie nicht noch mehr zu verstören.

Ein Schlag auf seine Schulter riss ihn unsanft aus seinen Gedanken. Er hatte nicht einmal bemerkt, dass sich sein Bruder von hinten genähert hatte. Grinsend sah der ihn an und meinte: »Na, ist da jemand verliebt?«

Marc verdrehte die Augen, machte auf dem Absatz kehrt und ging ins Haus. Tom trottete hinter ihm her und grinste übers ganze Gesicht.

»Du solltest ihr mehr zu essen geben!«, sagte sein Bruder anfangs zu Marc, als sie gemeinsam in der Küche bei einem Kaffee saßen. Marc hätte zwar eher einen doppelten Whiskey vertragen, aber es war ja erst mittags. Er glaubte, seinen Ohren nicht zu trauen. Da besaß sein Bruder tatsächlich die Frechheit, ihm Vorwürfe zu machen, nachdem er über die Haushälterin hergefallen war und ihn damit in eine derart peinliche Situation gebracht hatte. Er könnte ihn erwürgen. Doch sein Bruder setzte nur sein dämliches Grinsen auf und schaffte es wieder einmal, ihm den Wind aus den Segeln zu nehmen. Außerdem hätte er bei einer ernsthaften körperlichen Auseinandersetzung definitiv den Kürzeren gezogen, da Tom durch seinen Militärdienst top in Form war.

Er freute sich ja, ihn zu sehen, da er wusste, dass es in seinem Job nicht selbstverständlich war, gesund nach Hause zu kommen. Aber das heutige Wiedersehen war so unglücklich gelaufen, dass er mit seinen Gefühlen haderte. Eigentlich konnte Tom ja nichts dafür, doch warum war er auch über sie hergefallen?

Ach, er wollte gar nicht mehr darüber nachdenken. Vielmehr dachte er an Laura und wie gut sie sich in seinen Armen angefühlt hatte. Plötzlich hatte sie einen Namen. Laura.

»He, Erde an Marc!« Tom riss ihn aus seinen Gedanken. Was hatte er gesagt?

»Du solltest ihr mehr zu essen geben!«, wiederholte er. Tom schien die Verwunderung in Marcs Gesicht zu erkennen und erklärte: »Sie ist zu dünn! Nicht, dass sie nicht an den richtigen Stellen Kurven hätte, versteh mich nicht falsch, aber sie ist sehr dünn.«

Marc wurde stinksauer. Was ging das seinen Bruder an, ob Laura dünn war oder nicht. Und was redete er da von Kurven? Das ging ihn schon gar nichts an! Am liebsten wäre er ihm wieder an den Hals gesprungen. Tom merkte, dass er Marc an sein Limit gebracht hatte, und versuchte ihn, mit einem Schlag auf die Schulter zu beruhigen. Doch Marc schüttelte die Hand seines Bruders ab, die beschwichtigend auf seiner Schulter lag.

»Was meinst du eigentlich, dass ich sie verhungern lasse? Sie ist für sich selbst verantwortlich, sie arbeitet erst seit ein paar Wochen für mich. Ich kenne sie gar nicht wirklich.« Marc war verärgert, aber nun auch besorgt, je länger er über die Worte seines Bruders nachdachte.

»Das sah aber eben ganz anders aus«, bemerkte sein Bruder wieder mit einem dämlichen Grinsen im Gesicht.

»Ich habe sie heute das erste Mal persönlich getroffen.« Ging dieses blöde Grinsen denn nie aus seinem Gesicht?

Marc vergrub seinen Kopf in seinen Händen, so hätte das alles nicht ablaufen sollen. Das Ganze war gewaltig schiefgegangen. Wenn er Pech hatte, würde seine Haushälterin am Montag nicht mehr kommen und kündigen. Verstehen könnte er es.

Tom hatte damit natürlich kein Problem, der fand das Ganze noch amüsant. »Wo ist eigentlich Conchita?«

»Sie ist zurück nach Mexiko zu ihrer Familie. Sie hat die Neue noch eingearbeitet und dann war sie weg. Ich hatte mit der neuen Haushälterin noch gar keinen Kontakt, also persönlich, meine ich.«

»Dann scheint es ja Liebe auf den ersten Blick gewesen zu sein.« Tom grinste wieder über das ganze Gesicht.

»Was soll das heißen?«

»Es war nicht zu übersehen, wie du sie angeschmachtet hast. Und wieso bist du eigentlich um diese Uhrzeit schon zuhause?« Marc erzählte seinem Bruder widerwillig, dass er Laura zufällig ein paar Mal über das Überwachungssystem im Haus gesehen hatte.

Er musste ihm ja nicht gleich auf die Nase binden, dass er sie täglich beobachtete.

Tom klopfte Marc auf die Schulter und strahlte überlegen. »Na dann wirds ja Zeit, dass du Laura Hunter richtig kennenlernst. Ich hau mich einstweilen mal ein paar Stündchen aufs Ohr, der Flug war anstrengend.«

Marc hatte ein schlechtes Gewissen, weil er seinen Bruder nach fast drei Monaten Dienst in Afghanistan nicht richtig willkommen geheißen hatte, aber da war er auch schon aus der Küche verschwunden.

Kapitel 5

Laura war völlig durcheinander und konnte keinen klaren Gedanken fassen. Was war nur passiert?

Das waren also Marc Belstaff und sein Bruder. Ein Kennenlernen bei Kaffee und Kuchen hätte es auch getan. Der Überfall im Schlafzimmer tat dem Bruder sichtlich leid und es war ihm im Nachhinein peinlich. Aber die Reaktion ihres Chefs war heftig. Er war so wütend und welch ein Zufall, dass er gerade an diesem Tag früher heimkam. Sie konnte noch seine starken Arme spüren und wenn sie an seine moosgrünen Augen dachte, bekam sie eine Gänsehaut. Er wirkte so männlich und doch war sein Blick so sanft. Es fühlte sich so vertraut an. Aber das konnte sie sich gleich aus dem Kopf schlagen. Er war ihr Chef und sie musste erst einmal ihr Leben wieder in den Griff bekommen.

Sie machte sich einen Tee und kuschelte sich erschöpft auf ihr Sofa. Kraftlos lehnte sie den Kopf an die Rückenlehne und da fielen ihr auch schon die Augen zu.

Laura wachte schweißgebadet auf und atmete hektisch. Die schrecklichen Bilder wollten einfach nicht aus ihrem Kopf verschwinden. Immer wieder träumte sie von Simon, wie er von dieser Prostituierten umgebracht wurde. Und am Ende des Traums fand sie die Diamanten und dann entglitten sie ihr jedes Mal. Sie rieselten durch ihre Finger und fielen alle glitzernd ins Wasser, bis sie nicht mehr zu sehen waren. Es war so frustrierend.

Laura musste raus, es war erst 17 Uhr. Sie sprang schnell unter die Dusche und klopfte dann bei Sarah. Da ihr keiner öffnete, verließ sie alleine das Haus. Sie ging durch den angrenzenden Park und spazierte dann entlang der Pleasure Bay. Sie wickelte sich ihren Schal enger um den Hals, da es heute sehr windig war. Konzentriert atmete sie mehrmals tief durch. Langsam entspannte sie sich. Der Blick übers Meer beruhigte sie zusätzlich.

Ein leises Geräusch hinter ihr ließ sie zusammenzucken. Sie drehte sich um, sah aber niemanden. Als sie das metallische Klimpern wieder hörte, blickte sie nach unten und erschrak. Ein bulliger, großer Hund verfolgte sie. Das Kettenhalsband, das er um seinen mächtigen Hals trug, klimperte wieder. Laura stockte der Atem. Wie gelähmt blieb sie stehen und verkrampfte die Hände. Sie starrte den großen Hund an und rechnete jeden Moment damit, dass er zu einem Sprung ansetzte. Vor ihrem inneren Auge sah sie schon die Bestie mit fletschenden Zähnen auf sie zuspringen und in ihren Hals beißen. Der riesige Köter lief allerdings an ihr vorbei und beachtete sie gar nicht. Sabber tropfte von seiner Schnauze und er ließ den Kopf hängen. Weg war er. Himmel noch mal, sie musste ihre Angst vor Hunden loswerden.

Der lange Spaziergang am Meer ließ sie selbst die unliebsame Begegnung mit den Brüdern am Vormittag kurz vergessen. Mit dem nötigen Abstand verlor der Vorfall an Schrecken. Im Nachhinein ärgerte sie sich darüber, wie panisch sie reagiert hatte. Sonst konnte sie nichts so leicht aus der Fassung bringen. Aber normalerweise war sie ja auch nicht auf der Flucht. Der Spaziergang erinnerte sie so sehr an ihr früheres Leben, in dem sie im Central Park immer Kraft tankte. Sollte dieser Zustand, dass sie ständig auf der Hut sein musste, ewig andauern? Sie hoffte, dass sich alles bald aufklären würde, doch die Mörder ihres Mannes würden nicht locker lassen, bis sie die Diamanten zurückhätten. Diamanten, von denen sie nicht wusste, wo sie waren und wieso Simon sie hatte. Ein Alptraum.

Zuhause traf sie auf Sarah, die gerade vom Juwelier heimgekommen war. »Laura, hast du gewusst, dass der Ring 10.000 Dollar wert ist?« Sie war richtig außer Atem und strahlte über das ganze Gesicht. Laura machte es so eine Freude, ihre Freundin glücklich zu sehen. »Ich dachte mir schon, dass er einiges wert ist. Simon ließ sich da nicht lumpen. Wie hätte das denn ausgesehen, wenn seine Kollegen einen billigen Ring am Finger seiner Frau gesehen hätten.«

»Na bin ich froh, dass dein Mann so eitel war. Ich kann mir jetzt sogar die großen Leinwände leisten und die Ausstellung wird ein voller Erfolg werden, das spür ich jetzt schon.«

»Na dann, ran an die Arbeit!«

Am Montag erschien Laura wieder zur Arbeit und war froh, als sie beim Betreten des Hauses keine Geräusche hörte. Das musste bedeuten, dass der Bruder ihres Chefs entweder ein Langschläfer war oder hoffentlich nicht mehr da war. Zweiteres wäre ihr durchaus lieber.

Sie schlich in die obere Etage, wo sich die Schlafräume befanden, und spähte durch jede offene Tür. Keiner da, Gott sei Dank.

Erleichtert begann sie mit ihrer Arbeit und machte die Betten in beiden Schlafzimmern und putzte die angrenzenden Badezimmer. Die übliche Routine bei der Hausarbeit ließ sie wieder zur Ruhe kommen und der Vormittag verging schnell. Zu Mittag kam der Bruder heim, es war Zeit für ein Gespräch.

Laura ging in die Küche und setzte sich zu Tom an den kleinen Tisch, der in der Mitte stand. Er hatte sich einen Kaffee gemacht und bot ihr auch einen an. Laura verneinte lächelnd. »Wegen Freitag ...«, begann sie zaghaft die Unterhaltung.

Tom unterbrach sie: »Es tut mir schrecklich leid, ich war so überdreht und da ist es einfach mit mir durchgegangen.«

»Ist schon ok. Ich weiß auch nicht, warum ich so fürchterlich reagiert habe. Es ist wohl alles ein bisschen viel zur Zeit.« So viel wollte sie nicht von sich preisgeben.

Sogleich sprang er drauf an: »Wieso, was ist los? Kann ich dir irgendwie helfen? Ist mein Bruder ein Arsch?«

»Ach nein, auf keinen Fall. Ich kannte ihn ja noch gar nicht, darum nahm ich auch zuerst an, du wärst er.«

Es folgte eine lockere Unterhaltung und Laura musste sich eingestehen, dass Tom sehr nett war. Er erzählte ihr von seinen Auslandseinsätzen und von seinem Team, denen er täglich sein Leben anvertraute und umgekehrt. »Die United States Navy SEALs sind eine Spezialeinheit der US Navy, eine Elitekampftruppe. Wir sind auf See, in der Luft und an Land einsetzbar«, klärte er sie auf. Sie hoffte, dass sie durch ihren anfänglichen Patzer nicht seine Aufmerksamkeit erregt hatte, und war froh, als er es auf sich beruhen ließ. Sie versuchte, ihm nicht zu viel über sich zu erzählen, verstrickte sich aber manchmal in Widersprüche. Seine wachsame Art beunruhigte sie etwas. Er war schon von Berufs wegen feinfühlig und merkte ihr ihre Unsicherheit an. Netterweise ging er nicht näher darauf ein und es fiel ihr immer leichter, in ihre neue Rolle zu schlüpfen und das Gespräch oberflächlich zu halten. Das Piepsen des Trockners beendete ihre Unterhaltung und Laura kümmerte sich um die Wäsche. Mit Toms Fähigkeiten und seinem Team wäre es vielleicht möglich, die Mörder ihres Mannes aufzuspüren. Laura schöpfte Hoffnung, die Flucht hätte dann ein Ende und ihr Leben könnte endlich wieder normale Wege einschlagen. Doch wie konnte sie einen wildfremden Mann einfach so um Hilfe bitten. Nicht einmal die Polizei glaubte ihr. Nein, es musste eine andere Lösung geben.

Die nächsten Tage wollten einfach nicht vergehen. Es regnete die ganze Zeit, ein trostloses Wetter. Laura fühlte sich genauso. Sie hätte erwartet, endlich ihren Chef persönlich kennenzulernen, doch er musste geschäftlich weg. So war nur Tom zuhause und der schlief die meiste Zeit oder ging ins Fitnessstudio. Sie erfuhr von ihm in den paar Momenten, wo sie sich trafen, einiges über seine Militäreinsätze und sein Team. Er schien ein richtiger Held zu sein und sie konnte heraushören, wie viel ihm seine Teammitglieder bedeuteten. Die würden füreinander durch die Hölle gehen. Sie beneidete ihn für den Zusammenhalt und das Vertrauen, das in der Gruppe herrschte. So jemanden könnte sie jetzt auch gut gebrauchen.

Tom verabschiedete sich am Mittwoch, denn er wurde ins Trainingscamp beordert. »Wenn du irgendetwas brauchst, melde dich«, sagte er beim Abschied. Er schaute sie eindringlich an und sie meinte, er hätte sie durchschaut, wüsste, dass sie auf der Flucht war und Hilfe brauchte. Die Versuchung ihm alles zu erzählen und sich von ihm helfen zu lassen, war übergroß. Doch sie beherrschte sich und verabschiedete sich herzlich von ihm. Er schwang sich seinen Seesack über die Schulter und drückte ihr einen Zettel mit seiner Nummer in die Hand. Laura war sprachlos, sie kannte diesen Mann gar nicht lange und er bot ihr seine Hilfe an. So etwas hatte sie zuvor noch nie erlebt. Mit Tränen in den Augen flüsterte sie ein »Danke« und sah ihm durchs Fenster nach, wie er durch den Regen zu seinem Jeep rannte.

Ihr Chef sollte erst am Wochenende wieder zurückkommen. Sie erledigte noch ein paar Arbeiten und machte sich dann auf den Heimweg.

Am Freitag hörte sie beim Betreten des Hauses jemanden im Obergeschoß husten. In Panik wollte sie fluchtartig wieder das Haus verlassen, weil sie befürchtete, entdeckt worden zu sein oder einen Einbrecher im Gebäude vermutete.

Doch dann plagte sie das schlechte Gewissen. Sie fühlte sich ihrem Chef verpflichtet herausfinden, wer im Haus war. Ansonsten hätte sie wohl die Polizei rufen müssen und das wollte sie nicht. Sie durfte kein Aufsehen erregen. Vielleicht war ja ihr Chef früher heimgekommen oder Tom wieder zurückgekehrt. Sie beschloss, zuerst in der Garage nachzusehen, ob das Auto ihres Chefs hier war. Tatsächlich stand der schwarze Sportwagen in der Garage und ein kleiner Koffer im Flur.

Marc Belstaff war also schon zuhause. Da hörte sie wieder das Husten aus dem Obergeschoß und ging die Treppe hoch in sein Schlafzimmer. Ihr Chef lag im Bett und rund um ihn verstreut lagen zusammengeknüllte Taschentücher. Er bemerkte gar nicht, dass sie das Zimmer betrat. Sie hörte ihn laut atmen und immer wieder husten. Er hatte die Augen geschlossen und als sie neben sein Bett trat, konnte sie nicht anders, als ihre Hand auf seine Stirn zu legen. Er glühte förmlich und musste hohes Fieber haben. Sie rannte ins Badezimmer und holte einen Waschlappen, den sie unter das kalte Wasser hielt. Mit dem feuchten Tuch kehrte sie an sein Bett zurück und legte es auf seine heiße Stirn. Erst jetzt merkte er, dass sie hier war. Er wollte etwas sagen, doch wurde von einem Hustenanfall unterbrochen.

»Keine Sorge, ich kümmere mich um Sie«, murmelte Laura und drehte den Waschlappen auf seiner Stirn um. Mit einem wohligen Seufzer bekundete er, welch eine Erleichterung ihm die Kühlung brachte.

Laura sammelte die Taschentücher ein und öffnete das Fenster, um frische Luft hereinzulassen. Dann ging sie ins Badezimmer und suchte im Medizinschrank nach einer Arznei gegen Grippe. Mit einem Glas Wasser brachte sie ihm die Pille ans Bett und half ihm, die Medizin zu nehmen. Behutsam zog sie ihn an der Schulter hoch und hielt seinen Oberkörper, damit er einen Schluck Wasser trinken konnte. Dann nahm sie ein frisches Kissen und bettete ihn wieder vorsichtig darauf. Er bekam davon nicht viel mit. Sie schloss das Fenster, da er nass am Rücken war und sie nicht wollte, dass er fror und sich noch mehr verkühlte. Wenn es im Laufe des Tages nicht besser wurde, musste sie einen Arzt verständigen, dachte sie mit besorgtem Blick.

Sie unterbrach an diesem Tag mehrmals ihre Arbeit, um nach ihm zu sehen. Größtenteils schlief er und das Fieber schien zurückzugehen, da er nicht mehr so glühte. Als er da so schlafend vor ihr lag, hatte sie Zeit, ihn in Ruhe zu betrachten. Er hatte ernstere Gesichtszüge als sein Bruder. Sein Dreitagebart warf dunkle Schatten auf sein Gesicht. Man sah ihm die Erschöpfung deutlich an, doch die Medizin schien Wirkung zu zeigen. Zumindest wurde das Fieber nicht höher.

Laura gab ihm am Nachmittag noch eine Pille und hoffte, dass er bald gesund werden würde. Allerdings hustete er sogar im Schlaf immer wieder und sie traute sich nicht, nachhause zu gehen. So verbrachte sie die Nacht an seinem Bett. Sie wollte sichergehen, dass sich sein Zustand nicht verschlechterte. Immer wieder legte sie einen kühlen Waschlappen auf seine Stirn und half ihm beim Trinken. Sie redete behutsam auf ihn ein, doch bekam nichts als ein Seufzen und Stöhnen von ihm zurück. Es wurde langsam dunkler im Raum und da musste sie irgendwann in dem bequemen Sessel neben seinem Bett eingeschlafen sein.

Marc wurde im Morgengrauen munter. Er fühlte sich furchtbar und fror am ganzen Körper. Nur wage konnte er sich daran erinnern, wie er nachhause gekommen war und dass Laura dann plötzlich hier war. Sein Kopf pochte vor Schmerzen und sein Hals brannte wie Feuer. Er setzte sich im Bett auf und bereute es gleich. Er fühlte sich wie nach einem Marathon. Seine Glieder schmerzten und er war zu schwach, um aufzustehen. Er musste aber dringend zur Toilette.

Da erblickte er auf dem Sessel Laura, die dort eingekuschelt seelenruhig schlief. Sie sah wie ein kleines Kätzchen aus, das zusammengerollt vor dem Kamin schlummerte.

Es überkam ihn wieder ein Hustenanfall, und der Lärm weckte sie. Sie war sofort bei ihm, hielt seinen Oberkörper und reichte ihm ein Glas Wasser. Sie hatte sich also Sorgen gemacht und sich um ihn gekümmert. Das hatte zuvor noch niemand für ihn getan, bis auf seine Mutter damals, als er mit zwölf Jahren eine Lungenentzündung gehabt hatte.

»Ich müsste auf die Toilette«, flüsterte er mit rauer Stimme und versuchte aufzustehen. Doch seine Beine fühlten sich wie Wackelpudding an. Laura half ihm auf und stützte ihn bis zum Badezimmer. »Den Rest schaffe ich alleine, danke«, meinte er verlegen und schloss die Tür hinter sich. Im Spiegel schockierte ihn sein grausiger Anblick, er sah furchtbar aus und genauso fühlte er sich auch. Sein T-Shirt war ganz nassgeschwitzt und seine Haut wirkte fahl und grau. Er erleichterte sich und zog sich aus. Dann stellte er sich mit wackeligen Beinen in die Dusche und genoss kurz das warme Wasser. Er hatte nicht die Kraft für eine ausgiebige Wäsche und wollte schnellstens wieder ins Bett. Nur mit einem Handtuch um seine Hüften gewickelt, verließ er das Badezimmer. Laura wartete draußen auf ihn und fragte besorgt: »Alles in Ordnung? Sie sollten wieder ins Bett.« Marc stützte sich wieder bei ihr ab und sie brachte ihn ins Bett. Während er geduscht hatte, hatte sie sogar das Bett neu bezogen. Es war ein herrliches Gefühl, in die frischen Laken zu schlüpfen und nachdem sie ihm eine Pille gegeben hatte, schlief er augenblicklich ein.

Laura stockte der Atem. Als sich die Badezimmertür öffnete und Marc Belstaff nur mit einem Handtuch bekleidet vor ihr stand, wusste sie gar nicht, wo sie zuerst hinsehen sollte. Gott sei Dank bemerkte er ihre schmachtenden Blicke nicht, da er völlig darauf konzentriert war, sich auf den Beinen zu halten. Es ging ihm etwas besser, die Dusche hatte ihn aber wieder Kraft gekostet.

Ihr war bewusst, dass er noch lange nicht gesund war. Man sah ihm an, wie ihm die Grippe zusetzte, obwohl das seine Attraktivität in Lauras Augen nicht schmälerte. Er war sehr schwach auf den Beinen und sie stützte ihn wieder, als sie zum Bett zurückgingen. Erschöpft ließ er sich in die frischen Laken fallen und schlief sofort ein.

Laura ließ die Vorstellung nicht los, dass er jetzt unter der Decke nackt war. Sie schnappte sich die alte Bettwäsche, um auf andere Gedanken zu kommen, und brachte sie in den Keller. Im Vorbeigehen sah sie sich im Spiegel. Ihr Haar war zerzaust und sie brauchte auch dringend eine Dusche. Sie wollte den Moment nutzen, um schnell nach Hause zu fahren und sich frisch zu machen. In weniger als zwei Stunden würde sie wieder da sein.

Zuhause traf sie im Treppenhaus auf ein grellgelbes Kleid mit violetten Blüten, in dem Sarah steckte. Man sah ihr die Neugierde schon an der Nasenspitze an. Sie wollte alle Einzelheiten wissen, als sie mitbekam, dass Laura nicht zuhause geschlafen hatte. »Erzähl schon, wo warst du?«

»Sarah, ich hab jetzt keine Zeit. Mein Chef ist krank und ich will ihn nicht zu lange alleine lassen.«

»Dein Chef also, du warst die ganze Nacht bei deinem Chef?« Sarahs Augen weiteten sich. Nun hatte Laura ihre volle Aufmerksamkeit. »Ich erzähl dir später alles, aber jetzt muss ich mich kurz frischmachen und zurück zu ihm.« Mit diesen Worten eilte Laura die Treppe zu ihrer Wohnung hinauf und ließ ihre Nachbarin perplex im Stiegenhaus stehen.

Um zehn Uhr war sie zurück und wärmte eine Dose Hühnerbrühe, die sie aus dem Supermarkt mitgenommen hatte. Irgendetwas musste ihr Chef ja essen, damit er wieder zu Kräften kam. Mit einer Schale Suppe ging sie an sein Bett und er schlug die Augen auf. Beim Anblick der Brühe huschte ein Lächeln über seine Lippen und er versuchte, sich aufzurichten. Laura half ihm und stopfte ein Kissen hinter seinen Rücken. Dankbar löffelte er die Suppe und schloss danach erschöpft die Augen.

Laura wollte die Suppenschale in die Küche bringen, doch sie konnte sich nicht von ihm losreißen. Seine Gesichtszüge entspannten sich immer mehr, je tiefer er in den Schlaf fiel. Sein Brustkorb hob und senkte sich langsam. Seine Hände waren sehnig und warm. Gedankenverloren berührte sie seine Finger und zuckte sogleich wieder zurück, als er sich bewegte. Was zum Teufel tat sie hier? Warum stand sie da, starrte ihren Chef an und betatschte ihn, während er nackt im Bett lag?

Kopfschüttelnd machte sie sich auf den Weg in die Küche und räumte das Geschirr in die Spülmaschine. Eigentlich arbeitete sie samstags nicht bei ihm, aber sie wollte ihn in seinem Zustand nicht alleine lassen. Es ging ihm zwar schon deutlich besser, trotzdem wollte sie jetzt nicht nach Hause. Sie genoss es, bei ihm zu sein und ihn zu beobachten. Das Gefühl, das ihr seine Anwesenheit gab, gefiel ihr.

Zwischenzeitlich kümmerte sie sich um die Bettwäsche und erledigte einige Arbeiten, die sie unter der Woche nicht mehr geschafft hatte. In regelmäßigen Abständen schaute sie bei ihm im Schlafzimmer vorbei, doch er schlief tief und fest. Ein gutes Zeichen, dachte sie. Ihre Großmutter hatte immer gesagt, dass man sich gesund schlafen könne.

Zu Mittag setzte sie sich auf den bequemen Sessel neben seinem Bett und beobachtete ihn wieder. Da knurrte plötzlich laut ihr Magen und ihr Chef öffnete die Augen. »Sorry, das wollte ich nicht«, stammelte sie und spürte ihr Gesicht glühen. Wie peinlich.

Marc wurde von einem lauten Grummeln geweckt. Laura saß wieder auf dem Polstersessel und entschuldigte sich verlegen. Ihr Magen hatte geknurrt. Wie lange hatte sie da schon gesessen? Wie spät war es?

Der Radiowecker auf seinem Nachttisch zeigte 14:25. Mein Gott, wie lange hatte er geschlafen. Zumindest fühlte er sich deutlich besser, wenn auch noch sehr matt. Aber seine Hals- und Kopfschmerzen hatten ein erträgliches Maß erreicht und nun meldete sich auch sein Magen mit einem lauten Knurren. Laura lachte, und dieses Lachen veränderte ihr Gesicht völlig. Die Sorgenfalten auf ihrer Stirn wurden weicher und ihre blauen Augen funkelten plötzlich. Sie war so wunderschön. Vor allem saß sie hier schon seit gestern und kümmerte sich um ihn. Jetzt fiel ihm mehr denn je auf, wie dünn sie war, und die Worte seines Bruders hallten in seinem Kopf: »Du musst ihr mehr zu essen geben!«

Abrupt setzte er sich auf und sagte: »Ich koche uns etwas.«

Doch da hatte er die Rechnung ohne seinen Kreislauf gemacht und ihm wurde sofort schwarz vor Augen. Laura war flugs bei ihm und legte ihren Arm um seinen Rücken. »Moment, nur nicht so schnell! Sie sind noch nicht fit genug, um zu kochen«, stellte sie bestimmt fest. Ärgerlicherweise musste er ihr Recht geben. Sie einigten sich auf einen Lieferdienst, da Laura zugab, nicht die beste Köchin zu sein.

»Nicht einmal die Hühnersuppe habe ich selbstgemacht«, murmelte sie und blickte beschämt zu Boden. »Meine Großmutter war eine prima Köchin, leider habe ich das Talent nicht von ihr geerbt.« Sie errötete leicht und er beobachtete sie fasziniert.

Marc lächelte sie an. »Trotzdem danke für die Suppe und dass Sie sich um mich kümmern. Eigentlich hätten Sie frei und nun vermassle ich Ihr Wochenende. Was sagt Ihr Mann dazu, dass Sie mich hier pflegen?«

Er schien einen wunden Punkt bei ihr getroffen zu haben, denn sie wurde sichtlich nervös und strich sich durchs Haar. »Kein Problem, ich bin nicht verheiratet.«

Was leider nicht seine brennende Frage beantwortete, ob sie in einer Beziehung war. Er hätte anders fragen sollen. Die Chance war jetzt vertan.

Sie bestellten sich Pizza und Marc wollte aufstehen, doch einerseits war er nackt und andererseits zu schwach, um sich an den Esszimmertisch zu setzen. Er beschloss, im Bett zu bleiben, und Laura kümmerte sich um die Getränke. Beim Läuten der Türglocke war sein Hunger beinahe unerträglich.

Laura brachte die Pizzakartons ins Schlafzimmer und wie in alten Studentenzeiten aßen sie aus der Schachtel. Gierig machten sich beide über die Pizza her und genossen schweigend die ersten Bissen. Als der ärgste Hunger gestillt war, unterhielten sie sich und Marc erfuhr, dass Laura erst seit Kurzem in der Stadt war. Sie erzählte nicht viel von sich und gab oft ausweichende Antworten.

»Wenn ich wieder gesund bin, koche ich für Sie. Das bin ich Ihnen schuldig«, sagte Marc zwischen zwei Bissen von seiner saftigen Pizza. Er fühlte sich gleich deutlich besser, mit vollem Magen. Laura schien auch satt zu sein, da sie den Karton auf den Beistelltisch stellte und es sich im Sessel bequem machte. Sie zog die Beine an und trank von ihrem Wasser. »Bei unserem nächsten Essen wird es Wein geben, das verspreche ich«, beteuerte Marc. Er hatte sich ein romantisches Essen mit ihr anders vorgestellt und hätte sie liebend gern verwöhnt.

»Mir gefällt es auch so, ich liebe es unkompliziert, das Leben ist schon kompliziert genug«, meinte Laura. Marc hätte zu gerne gewusst, was für Komplikationen es in ihrem Leben gab und ob er ihr helfen konnte. Aber plötzlich hatte sie es eilig und räumte alles weg und verabschiedete sich. Er hätte so gerne mehr über sie erfahren. Doch da war sie schon weg.

Laura ärgerte sich, da sie wieder zu viel geredet hatte. Sie sollte jetzt lieber heimgehen, da es ihm schon wesentlich besser ging und sie hier eigentlich nichts verloren hatte. Was dachte er nur von ihr, dass sie hier ihren freien Tag verbrachte und ihn nicht in Ruhe ließ. Eilig räumte sie die Pizzakartons und ihr Glas weg und verabschiedete sich hastig von ihm. »Also ich geh dann, ruhen Sie sich wieder aus und gute Besserung!«

Laura hatte es eilig rauszukommen, in Gegenwart dieses Mannes konnte sie nicht klar denken. Selbst krank sah er umwerfend aus, am liebsten hätte sie sich zu ihm ins Bett gekuschelt. Der Gedanke alleine ließ sie schon nervös werden.

Was dachte sie sich bloß dabei? Nur weg hier.

Zuhause lauerte ihr schon Sarah im Stiegenhaus auf. Laura schaffte es nicht einmal bis zur Treppe, denn ihre neugierige Nachbarin zog sie sofort in ihre Wohnung hinein. »Jetzt erzähl mir alles ganz genau, ich will jedes Detail wissen!«

»Ach Sarah, mein Chef ist krank und ich hab mich um ihn gekümmert.«

Sarah grinste verschmitzt. »Gekümmert also?«

»Nicht so, wie du denkst.« Laura überdrehte die Augen. »Er hatte hohes Fieber und sein Zustand war echt besorgniserregend. Ich hab mich nur um einen Kranken gekümmert. Mehr nicht.«

»Das glaubst du ja selber nicht, ich seh dir doch an, dass da Gefühle im Spiel sind. Aber das ist ok. Genieß es! Wenn es eine verdient hat, dann du.« Sie tranken eine Tasse Tee und dann ging Laura in ihre Wohnung. Sie war hundemüde und wollte sich unbedingt etwas ausruhen.

Außerdem musste sie mit all den Eindrücken und Gefühlen der letzten Tage zurechtkommen. Das war alles zu viel für sie.

Kapitel 6

Als Laura am Montagmorgen das Haus betrat, war es still und leer. Sie vermisste Marc Belstaff jetzt schon.

Schwermütig erledigte sie ihre Arbeit und kümmerte sich um sein Bett. Sie wusch nicht nur die Bezüge, sondern auch die Decke und die Polster. Sie wollte, dass er wieder alles frisch hatte und ihn nichts mehr an seine Krankheit erinnern würde.

Sie lüftete das Schlafzimmer und dachte dabei an ihr unkompliziertes Pizzaessen und die angenehme Atmosphäre, die am Samstag zwischen ihnen geherrscht hatte. In seiner Nähe fühlte sie sich wohl, sie musste sich nicht verstellen. Es war schade, dass sie ihn jetzt wieder lange nicht zu Gesicht bekommen würde, sie hatte die Zeit mit ihm so genossen. Der Vormittag verging langsam und Laura fiel jeder Handgriff schwer.

Am Dienstag fand sie eine Notiz am Esstisch:

Heute Abend koche ich für Sie. 19 Uhr. Marc

Sie konnte es nicht glauben, er machte sein Versprechen wahr. Sie lächelte und drückte den Zettel an ihre Brust, nachdem sie ihn mehrmals gelesen hatte. Sie war ganz aus dem Häuschen. Die Arbeit ging ihr an diesem Tag wie von selbst von der Hand. Sie summte eine Melodie und dachte immer an den heutigen Abend. Als sie sich dabei ertappte, hielt sie erstaunt inne. Sie hatte doch auch früher, in ihrem alten Leben, selten gesummt und konnte sich nicht erinnern, jemals solche Aufregung vor einer simplen Verabredung mit einem Mann verspürt zu haben. Was war nur los mit ihr? Es war fast, als hätte Marc sie nach einem langen Schlaf wieder zum Leben erweckt. Sie wollte wieder ein normales Leben und Zeit mit einem Mann verbringen, ohne die Schatten ihrer Vergangenheit.

Sie konnte sich mit ihm definitiv mehr vorstellen. Sofort schossen ihr einige Möglichkeiten durch den Kopf, was sie sich mit ihm vorstellen konnte, doch sie verwarf sie umgehend. Sie versuchte, die Hitze zurückzudrängen, die sich beim bloßen Gedanken, ihn zu berühren, in ihr ausbreitete. Nein, das war sicher nicht in seinem Sinne, mit der Angestellten etwas anzufangen, und außerdem musste sie erst einmal ihr Leben wieder in den Griff bekommen.

Marc beobachtete an seinem Bildschirm, wie Laura seine Nachricht las. Sie freute sich, das konnte er an ihrem strahlenden Lächeln sehen. Er hatte sich nicht getäuscht. Da waren auch von ihrer Seite Gefühle.

Normalerweise war er nicht angetan, wenn eine Frau mit Gefühlen ankam, weil er genau wusste, dass sie es nicht ernst meinten. Sie waren hinter seinem Geld und Ansehen her, mehr nicht. Dass er ein gutaussehender Kerl war, war ein Bonus für diese Ladys. Aber die würden einem alten Sack auch hemmungslos Liebesschwüre ins Ohr flüstern, wenn die Zahl auf dem Bankkonto stimmen würde. Bis jetzt war Liebe für ihn kein Thema. Doch nun glaubte er, sich verliebt zu haben. So fühlte sich das also an. Es gefiel ihm, er lächelte. Er hatte es sich schlimmer vorgestellt.

Aber fühlte sie auch so? Er wollte der Sache heute auf den Grund gehen und mehr über sie erfahren.

Marc besorgte die Zutaten für seine berühmte Tomatensauce. Er wollte sie heute mit seinen Spagetti Napoli verzaubern. Seine Urgroßmutter väterlicherseits kam aus Italien und das Rezept wurde von Generation zu Generation weitergegeben. Da musste sie einfach schwach werden. Außerdem deckte er sich mit den Zutaten für das Dessert ein. Heute ging er aufs Ganze.

Laura stand um 19 Uhr vor der Haustüre und wusste nicht genau, ob sie jetzt läuten oder sich selbst aufsperren sollte, wie üblich. Sie entschied sich für die Türglocke, da sie ja heute eingeladen war. Marc öffnete ihr mit einer Schürze umgebunden. Ganz förmlich reichte er ihr die Hand zur Begrüßung. »Kommen Sie rein, ich bin fast fertig.«

Es duftete herrlich, als Laura den Flur betrat. Er nahm ihr den Mantel ab, hängte ihn an die Garderobe und eilte dann voraus in die Küche. Sie folgte ihm neugierig. Wie auf Kommando knurrte ihr Magen, als sie im Esszimmer den gedeckten Tisch sah. Marc schenkte Wein in die großen

Gläser und roch an seinem, während er die dunkelrote Flüssigkeit schwenkte. »Ich habe keine Ahnung, wie der riechen soll, ich hoffe, er schmeckt«, meinte er lächelnd und nahm einen Schluck. Damit war das Eis gebrochen, denn Laura hatte ebenso keine Ahnung von Wein. Sie griff nach ihrem Glas, prostete ihm zu und nahm auch einen Schluck. Er schmeckte samtig weich, ein schwerer Wein, der sicherlich bald seine Wirkung zeigen würde. Marc verschwand in die Küche und holte die Pfanne mit den Spagetti. Laura nahm Platz und konnte es gar nicht mehr erwarten.

Es stellte sich heraus, dass Marc Belstaff tatsächlich ein begnadeter Koch war. Die Nudeln mit der würzigen Tomatensauce schmeckten vorzüglich und sie verlangte sogar Nachschlag. Selbst ihr Chef verdrückte zwei volle Teller und als er die zweite Flasche Wein öffnete, sagte er: »Ich koche viel zu selten, für mich alleine lohnt sich das nicht.«

»Ich habe noch nie so gute Spagetti gegessen, woher können Sie so gut kochen?«

Marc erzählte ihr von seinen italienischen Wurzeln und seiner Leidenschaft für das Kochen. Laura war beeindruckt, es schmeckte so lecker. Der Wein allerdings auch und die Stimmung wurde immer lockerer. Sie unterhielten sich über Gott und die Welt. Danach räumten sie gemeinsam den Tisch ab und Marc fragte aus der Küche: »Willst du einen Espresso, Laura?« Da steckte er seinen Kopf aus der Küche und meinte: »Entschuldige, ist es ok, wenn wir uns duzen?«

»Kein Problem, gerne. Und danke, für mich keinen Kaffee, sonst kann ich nicht schlafen.« Laura spürte die Wirkung des Alkohols deutlich und entschied sich dafür, nur mehr Wasser zu trinken.

»Setz dich schon mal auf das Sofa, ich habe noch eine kleine Überraschung für dich.«

Laura ging leicht wankend ins Wohnzimmer und war gespannt, was er sich nun ausgedacht hatte. Da kam er schon mit zwei kleinen Gläsern aus der Küche. Er reichte ihr eines mit einem Dessertlöffel und sagte: »Mal sehen, was du dazu sagst.«

Laura probierte einen Löffel des cremigen Tiramisus und schloss die Augen. Ein wohliges Seufzen verließ ihre Lippen. »Gott, ist das himmlisch!« Sie hatte sich mit den Spagetti schon den Bauch vollgeschlagen, doch das Tiramisu könnte sie eimerweise essen. Es war das Beste, das sie je in ihrem Leben gegessen hatte, so cremig!

Marc genoss den Anblick der zufriedenen, wunderschönen Frau neben sich. Sie hatte die Augen geschlossen und schleckte genüsslich den Löffel ab. Mit seinem Tiramisu hatte er sie verzaubert.

Sie wurde im Laufe des Abends immer lockerer, was sicher dem Wein zu verdanken war. Auch er spürte schon die Wirkung und genoss das leichte Gefühl. Sie machten es sich auf dem Sofa bequem und löffelten die Gläser aus. Ihr dabei zuzusehen, war ein so sinnlicher Anblick, dass er sie am liebsten geküsst hätte. Bei jedem Löffel schloss sie die Augen und gab sich ganz dem zuckersüßen Genuss hin. So musste sie auch aussehen, wenn sie unter ihm liegen würde und er sie auf andere Art und Weise verwöhnen konnte. Sie wäre wie Wachs in seinen Händen.

Er rückte näher an sie heran und legte seinen Arm auf die Rückenlehne hinter sie. Sie stellte ihr leeres Glas auf den Tisch und ließ sich zurück ins Sofa sinken.

»Ich bin so satt, wie schon lange nicht mehr. Es war so köstlich, danke.« Wieder schloss sie die Augen und ihr Haar berührte Marcs Arm. Er stellte sein Glas ebenfalls ab und beugte sich zu ihr. »Das habe ich gerne gemacht für dich. Danke dir, dass du dich um mich gekümmert hast, als ich krank war.«

Er näherte sich ihrem Gesicht, da schlug sie die Augen auf und blickte ihn verträumt an. Ihr Atem wurde schwerer und sie legte die Arme um ihn. Sie war eindeutig betrunken und auch wenn er alles dafür gegeben hätte, sie jetzt zu küssen, wollte er die Situation nicht ausnutzen.

Er löste sich aus ihrer Umarmung und wandte sich ab. »Es ist spät geworden und ich rufe dir lieber ein Taxi.« Marc fischte nach seinem Handy auf dem Tisch. Er war froh, etwas Abstand zwischen sie gebracht zu haben, denn er konnte sich fast nicht mehr beherrschen. Am liebsten wäre er gleich über sie hergefallen. Sie lag so verführerisch vor ihm und hatte schon wieder die Augen geschlossen.

Er rief ihr ein Taxi. Sie atmete ganz ruhig und da merkte er, dass sie eingeschlafen war. Er strich ihr eine Haarsträhne aus dem Gesicht und streichelte dabei sanft ihre Wange. Sie war wunderschön, aber so undurchschaubar. Sie hatten sich den ganzen Abend unterhalten, doch sie hatte nicht viel von sich preisgegeben. Wer war diese geheimnisvolle Frau? Er legte vorsichtig eine Decke auf sie und wartete auf das Taxi.

Laura wachte am nächsten Morgen mit einem brummenden Schädel auf. Sie konnte sich, nur wage daran erinnern, wie sie nach Hause gekommen war. Der Wein war schuld. Sie hatte zu viel getrunken. Aber das Essen war so köstlich gewesen und sie hatte sich so wohl gefühlt, dass sie gar nicht bemerkt hatte, wie viel sie in sich hineingeschüttet hatte.

Vorsichtig machte sie sich fertig für die Arbeit und nahm eine Schmerztablette gegen den Kater. Immer mehr drangen die Erinnerungen an den letzten Abend durch. Marc war ein zuvorkommender Gastgeber und angenehmer Gesprächspartner gewesen. In seiner Gegenwart fühlte sich alles so leicht und richtig an.

Als sie am Sofa saßen, wäre sie am liebsten in seine Arme gesunken. Sie wollte ihn küssen und so viel mehr. Aber er hatte ihr ein Taxi gerufen. Eine deutlichere Absage konnte man nicht erhalten. Was dachte sie sich auch dabei, etwas mit ihrem Chef anzufangen?

Als sie an diesem Morgen das Haus betrat, war alles anders. Gestern war da Marc mit all seiner männlichen Präsenz und heute war sie wieder alleine. Er fehlte ihr.

Am Esstisch lag eine Nachricht von ihm mit nur einem Wort: *Kühlschrank*.

Sie konnte es gar nicht erwarten, was damit gemeint war und lief in die Küche. Im Kühlschrank stand noch ein Glas Tiramisu. Der Anblick zauberte ihr ein Lächeln ins Gesicht.

Ein Herz aus Kakao zierte die leckere Creme. Er hatte an sie gedacht. Sie beschloss, die Leckerei erst zu Mittag zu genießen, denn ihr Magen fühlte sich momentan noch zu flau an.

Beschwingt erledigte sie ihre Arbeit und vergaß dabei sogar ihren Kater. Immer musste sie an Marc und den gestrigen Abend denken.

Zu Mittag setzte sie sich auf das Sofa und genoss das Tiramisu. Wenn sie die Augen schloss, sah sie Marc vor sich mit seinem durchdringenden Blick und den markanten Gesichtszügen. Wie gerne hätte sie sein Gesicht berührt und seinen Körper erforscht. Von damals, als er krank war und aus der Dusche kam, wusste sie ja, wie er aussah. Durchtrainiert und verwegen, doch in seinen Businessanzügen auf den Fotos im Internet wirkte er ganz anders.

Sie wollte den eigentlichen Marc kennenlernen und alles von ihm erfahren. Sie fühlte sich bei ihm so geborgen und wollte so viel mehr. Sie wollte ihn. Doch in ihrer jetzigen Situation auf der Flucht konnte sie sich das aus dem Kopf schlagen. Sich jetzt auf einen Mann einzulassen und ihn in Gefahr zu bringen, kam nicht in Frage.

Marc beobachtete Laura wieder auf dem Bildschirm, doch dieses Mal kam es ihm falsch vor. Jetzt, wo er sie kennengelernt hatte, fühlte es sich anders an, sie zu beobachten. Aber er war einfach zu neugierig, wie sie auf seine Nachricht reagieren würde. Sie strahlte über das ganze Gesicht, als sie das Tiramisu sah.

Er hatte ihr eine Freude gemacht und er wollte noch so viel mehr für sie tun. Mit ihr tun.

Als sie zu Mittag auf dem Sofa Platz nahm und sich entspannte, musste er wieder an den gestrigen Abend denken, als er sie beinahe geküsst hätte. Er war so knapp davor, ihre Lippen zu berühren. Es kostete ihn enorme Beherrschung, dass es fast weh tat. Bei jedem Löffel, den sie sich jetzt genüsslich in den Mund schob, musste er lächeln. Sie so glücklich zu machen, gefiel ihm. Sie lehnte sich befriedigt zurück und schloss die Augen. Woran sie jetzt wohl dachte?

Am späten Nachmittag betrat Marc sein Haus und meinte noch das Parfum von Laura zu riechen. Der dezente, frische Duft erinnerte ihn an den gestrigen Abend. Er vermisste sie jetzt schon. Da erblickte er im Flur auf der Kommode ein Handy, es konnte nur das von Laura sein. Es war ein Prepaidmodell und er blickte in die Kontaktliste, um zu sehen, ob es sich wirklich um Lauras Handy handelte. Nur wenige Telefonnummern waren darin gespeichert. Eine Kate, eine Sarah, die Nummer der Arbeitsagentur und seine Handynummer. Er war verwundert, dass jemand nur so wenig Kontakte hatte.

Marc schnappte sich sein Handy, rief die Arbeitsvermittlung an und fragte nach Lauras Adresse. Kurze Zeit später saß er frisch geduscht im Auto auf dem Weg zu ihrer Wohnung. Sie lebte in einer ruhigen Gegend in South Boston direkt an der Pleasure Bay. Er konnte sich vorstellen, wie sie vom Fenster auf das Meer sah. Es handelte sich um ein kleines Mietshaus, auf dem Türschild standen nur zwei Namen. Laura und Sarah. Ihre Wohnung befand sich im ersten Stock. Die Tür war nur angelehnt und nach ein paar großen Schritten über die Treppe stand er schon vor ihrer Wohnungstür. Er klopfte und wartete aufgeregt. In diesem Moment kam ihm die Idee, einfach unangemeldet bei ihr vorbeizuschauen, doch nicht mehr so gut vor.

Was hatte er sich nur dabei gedacht? Er nahm das Handy doch nur als Vorwand, um zu sehen, wie sie wohnte. Er wollte bei ihr sein. Aber vielleicht war sie gar nicht hier. Mittwoch Abend hatte sie sicher Besseres zu tun, als zuhause zu sitzen. Was, wenn jetzt ein Mann die Tür öffnete? Er inspizierte nervös seine Schuhe und als die Tür aufging, sprangen ihm als Erstes knallrot lackierte Zehennägel in die Augen. Sein Blick wanderte erst nach oben, als Laura verwundert seinen Namen hauchte.

»Hallo Laura, du hast dein Handy vergessen.« Er reichte ihr das Telefon.

»Danke, du hättest nicht extra hierherkommen müssen. Woher wusstest du eigentlich, wo ich wohne?«

Marc erwähnte die Arbeitsagentur und merkte, wie sie blass wurde. Sie war offensichtlich nicht begeistert ihn hier zu sehen und er wollte sich schon wieder verabschieden, da sagte sie: »Komm rein, wie unhöflich von mir. Ich bin keinen Besuch gewöhnt.«

Marc betrat die helle Wohnung, in der sich alles befand, was man zum Leben brauchte, aber auch nicht mehr. Auf den ersten Blick fielen ihm keine persönlichen Gegenstände auf. Sie schien seine Gedanken zu lesen. »Ich bin erst vor kurzem eingezogen. Natürlich ist meine Wohnung kein Vergleich zu deinem Haus.«

Er wollte auf keinen Fall, dass sie sich unbehaglich fühlte und erklären musste. »Es gefällt mir, vor allem der Blick auf das Meer.«

Laura sah ihn lange an. »Willst du einen Kaffee?«

Marc nickte und wartete auf dem Balkon. Die Abendluft war kühl und als er sie hinter sich hörte, drehte er sich um. Sie stand noch immer barfuß da und reichte ihm einen Becher mit dampfendem Kaffee. Beim Anblick ihrer nackten Füße stockte ihm der Atem.

»Komm rein, es ist schon kalt draußen.« Ihre leise Stimme riss ihn aus seinen Gedanken. Marc hätte am liebsten seinen Kaffeebecher weggestellt und sie in den Arm genommen. Sie war nicht sexy gekleidet, wie seine üblichen weiblichen Bekanntschaften, sie warf sich ihm nicht an den Hals und flüsterte ihm keine verführerischen Versprechen ins Ohr. Nein, sie stand da mit verwaschenen Jeans und einem T-Shirt – weiß, aus Baumwolle, ohne Schnörkel. Verdammt, sie sah so gut aus. Er hätte am liebsten ihre nackten Füße geküsst. Was war nur los mit ihm?

Laura war überrascht, als sie durch den Türspion Marc sah. Das Klopfen ließ sie zuerst an Sarah denken, doch Marc, war eine Überraschung. Eine willkommene Überraschung. Sie freute sich, ihn zu sehen, aber schämte sich auch ein bisschen für ihre spärlich eingerichtete Wohnung.

Was würde er nur von ihr denken?

Als sie dann realisierte, dass es für ihn so einfach war, ihre Adresse herauszufinden, war sie schockiert. Das würde bedeuten, dass es für jeden anderen auch so leicht war. Mit diesem Wirrwarr in ihrem Kopf hätte sie schon fast vergessen, ihn hereinzubitten. Mit Sarah auf dem Sofa zu sitzen war gemütlich und unbeschwert. Aber mit Marc in ihrer kleinen Wohnung schien ihr die Luft zum Atmen zu fehlen. Er kam ihr so groß vor. Sie hatte ihn jetzt schon in seinem Businessanzug gesehen und auch halbnackt, als er krank war und jedes Mal machte er eine äußerst gute Figur, aber das heutige legere Outfit stand ihm besonders. Er trug helle Jeans, ein dunkelgraues Shirt und eine Lederjacke. Am liebsten hätte sie sich an ihn gekuschelt. Wie konnten ihre Gefühle nur ignorieren, dass sich ihre letzte Beziehung als wahres Desaster entwickelt hatte. Sie konnte im Moment nicht schon wieder einen Mann gebrauchen, nach dem sie ihr Leben ausrichtete.

Jetzt war sie einmal an der Reihe. Sie wollte wieder als Dolmetscherin arbeiten, selbstständig sein, unabhängig. Doch ihr schwacher Körper verlangte einfach nach einer Schulter zum Anlehnen.

»Laura, alles klar bei dir?«

Marc berührte sanft ihre Hand und sie zuckte. Sie seufzte, bevor sie ihm antwortete. »Ja, ich war nur in Gedanken.«

Er kam näher und stellte seinen Kaffeebecher auf den Couchtisch und nahm ihr danach ihren langsam aus der Hand, um ihn ebenfalls auf den Tisch zu stellen. Was hatte er nur vor? Gestern hatte er genug bewiesen, dass er nichts von ihr wollte. Sie hätte ihn so gerne geküsst, doch er schickte sie einfach heim.

Als Marc sich aufrichtete, war er ihr ganz nah und konnte wieder ihr frisches Parfum riechen. Sie sah ihn mit großen Augen an und öffnete leicht den Mund, um etwas zu sagen. Doch es kam kein Wort über ihre Lippen. Er berührte sie leicht an den Armen und zog sie etwas zu sich. Laura blickte ihm tief in die Augen, senkte dann den Kopf und lehnte sich an ihn. Er merkte, wie sie gegen das hier ankämpfte. Sie wollte ihn doch auch. Er konnte es spüren.

Aber irgendetwas stand zwischen ihnen und er hatte keine Ahnung, was es war. Er kannte sie zu wenig, wusste nichts über ihr Leben. Es schien, als bräuchte sie eine starke Schulter zum Anlehnen, als suchte sie Schutz. Er wollte für sie da sein und umarmte sie fest.

Sie legte ihren Kopf an seine Schulter und atmete tief aus. Sie entspannte sich in seinen Armen, das gefiel ihm. Als sie nach einer gefühlten Ewigkeit den Kopf hob, hatte er schon Angst, sie würde sich von ihm entfernen, doch sie blieb in seiner Umarmung. Sie hatte ihre Arme um ihn gelegt und er spürte ihre warmen Hände an seinem Rücken. Tränen glitzerten in ihren Augen und er wusste, dass sie etwas vor ihm verbarg. Etwas, das sie belastete.

Er versuchte Abstand zwischen sie zu bekommen und nahm ihr Gesicht sanft in seine Hände. »Laura, was ist los? Sag mir, was dich so traurig macht.« Sie kam ihm so verletzlich und zerbrechlich vor, als sie sich auf die Couch sinken ließ. Sein Magen zog sich bei ihrem Anblick zusammen. Er konnte und wollte sie nicht so leiden sehen. Er setzte sich neben sie und bemerkte jetzt deutlich, dass sie zu dünn war. Seinem Bruder war das schon aufgefallen, aber ihm war es nicht so bewusst gewesen. Vielleicht erfuhr er jetzt den Grund, warum sie so mager war und sie etwas vor ihm verbarg. Nicht, dass es ihn etwas angehen würde, aber er wollte alles über sie erfahren. Er wollte sie verstehen und dass es ihr gut ging.

Bei ihm. Mit ihm.

Laura musste sich so zusammenreißen, nicht in Tränen auszubrechen. Marc saß neben ihr und sein Knie berührte ihres. Sie konnte ihn spüren, sie roch seinen gewohnten Duft und hörte die Besorgnis in seiner Stimme. Sie schüttelte ihren Kopf. Ihre Blicke trafen sich. Zu ihrer großen Überraschung standen ihm Tränen in den Augen. Tränen und Elend. »Ich will, dass es dir gut geht!« Seine Lippen zitterten.

»Ich will dich nicht in die Sache mithineinziehen.« Sie strich sich mit den Händen über das Gesicht und rang nach Fassung. »Wenn du in meiner Nähe bist, bist du in Gefahr. Und bitte, Marc, ich will nicht, dass dir etwas passiert.«

Sein Blick ging ihr durch und durch und die Versuchung, ihm alles zu erzählen, wurde immer größer. Endlich war da jemand, dem sie sich anvertrauen könnte.

Es kostete Laura viel Kraft, sich zurückzuhalten.

»Ich ...«, begann sie zögerlich.

Da klopfte es an der Wohnungstüre. Laura erstarrte und blickte panisch zuerst zu Marc und dann zur Wohnungstür. Wer konnte das sein? Hatte sie Marc jetzt schon in Gefahr gebracht, nur weil er bei ihr war?

»Willst du nicht öffnen?«, hörte sie seine Stimme entfernt. Laura blickte Marc verwirrt an und erhob sich automatisch. Wenn sie jetzt die Tür öffnete und Simons Mörder vor ihr standen, waren sie beide in Gefahr. Aber sie konnte das Klopfen auch nicht ignorieren. Marc musste sie ja für total bescheuert halten.

Laura ging langsam zur Tür und überlegte noch immer nach einem Ausweg. Als sie einen Blick durch den Türspion warf, fiel ihr ein Stein vom Herzen. Draußen stand Sarah.

Laura öffnete und da sprang ihre Nachbarin auch schon bei der Tür herein. »In meinem Briefkasten war ein Brief für dich. Hast du kurz Zeit für einen Kaffee?«

Beim Blick ins Wohnzimmer hielt Sarah in ihrer Bewegung inne und grinste schelmisch. »Oh, du hast Besuch. Da will ich nicht stören!«

»Kein Problem, komm ruhig herein, das ist Marc, mein Chef. Marc, das ist Sarah, meine Vermieterin.«

Marc erhob sich und kam zur Tür und schüttelte kurz Sarahs Hand. Sie musterten sich beide interessiert und Laura kam sich seltsam unsicher vor. Sarah warf ihr einen anerkennenden Blick zu und zwinkerte ihr zu. Laura musste schmunzeln und überdrehte die Augen, das bedurfte eindeutig einer Nachbesprechung.

Da machte der bunte Wirbelwind schon wieder auf dem Absatz kehrt, drückte Laura den Brief in die Hand und verließ mit wehenden Haaren die Wohnung. »Viel Spaß noch, ihr zwei Hübschen!«, rief sie mit hoher Stimme und weg war sie. Laura musste lächeln und setzte sich mit Marc wieder auf das Sofa. Die düstere Stimmung von vorhin war Gott sei Dank verschwunden. Laura war froh über die zufällige Unterbrechung und erklärte: »Das war Sarah, sie wohnt unter mir. Sie ist hier in Boston eine sehr gute Freundin geworden.«

Marc lächelte und trank einen Schluck von seinem Kaffee. »Sie scheint sehr lustig zu sein, wie jemand, der aus dem Musical Hair entsprungen ist.«

Laura musste lachen, denn Marc hatte Sarah richtig eingeschätzt. Darum verbrachte sie so gerne Zeit mit ihr. Sie war so lebensfroh und voller Optimismus, auch wenn das für ihr Business nicht gerade förderlich war.

Laura blickte neugierig auf den Brief in ihrer Hand. Er war ursprünglich an die Adresse des Diamond Dealers Club adressiert, dann in ihre Privatwohnung weitergeleitet worden und nun bei ihr gelandet.

»Schau ruhig rein«, meinte Marc, der ihr die Neugier scheinbar ansah.

Laura riss das Kuvert gleich mit den Fingern auf und blickte ungläubig auf eine Rechnung des New Yorker Hafens. Eine Forderung über die Jahresliegegebühr für ein Boot.

Simon hatte ein Boot.

In Lauras Gehirn drehten sich alle Räder. Ihr Mann hatte ein Boot, von dem sie nichts wusste. Was verbarg er noch vor ihr? Wozu brauchte er ein Boot? Waren dort vielleicht die Diamanten versteckt? Hoffnung keimte in Laura auf. Jetzt erschien ihr die Verlockung noch größer, Marc alles zu erzählen.

Kapitel 7

»Was ist los?«, sagte er eindringlich und legte seine Hand auf ihren Arm. Laura hätte ihm am liebsten alles erzählt, was in New York geschehen war. Doch sie konnte nicht. Sie kannte Marc erst seit kurzem und sie wollte ihn nicht in die ganze Sache mithineinziehen. Außerdem würde er sicher nichts mehr mit ihr zu tun haben wollen, wenn er alles erfuhr und ihren Job wäre sie auch los.

»Laura, irgendetwas stimmt doch nicht. Vielleicht kann ich dir helfen.« Marc gab sich solche Mühe und meinte es wirklich ernst, das sah Laura ihm an. Sie schätzte seine aufrichtige Art und sein treuer Blick ließ sie schwach werden. Sie konnte nicht mehr widerstehen. Es war schon so viel passiert und jetzt auch noch das Boot, von dem sie keine Ahnung hatte.

Da erzählte sie ihm alles.

Marc war sprachlos. Laura war auf der Flucht.

Der Brief hatte sie so aus der Fassung gebracht und diesen Moment hatte er ausgenutzt, um sie zum Reden zu bringen. Er vermutete, dass sie ein Geheimnis verbarg, und wunderte sich, dass sie so wenig von sich preisgegeben hatte, aber dass sie auf der Flucht war und eindeutig in Gefahr, das hätte er nicht für möglich gehalten.

Jetzt, da er wusste, in welchen Schwierigkeiten sie steckte, ließ ihn ihr Vorhaben, auf dem Boot nach den Diamanten zu suchen, nicht kalt. Er wollte sie davon abhalten, nach New York zurückzukehren. Das Risiko war zu hoch, dass sie ihr dort auflauerten. »Bitte Laura, überleg dir das gut, das ist zu gefährlich.«

»Marc, ich muss das machen.«

So, wie sie das sagte, war es ein unumstößlicher Beschluss, von dem sie sich durch nichts, was er sagte oder tat, abbringen lassen würde.

»Ich muss das Boot sehen, vielleicht sind dort die Diamanten.«

Er bot ihr an, sie zumindest nach New York zu begleiten. Unmöglich konnte er sie dort alleine hinfahren lassen. Laura wollte anfangs, seine Hilfe nicht annehmen, aber sie hatte auch keine brauchbare Alternative. Sie konnte ja schlecht mit ihrer bunten Freundin dort auftauchen.

»Laura, ich begleite dich. Keine Widerrede!«

Die Nachricht über die Existenz dieses Bootes hatte sie sichtlich mitgenommen und als sie von den Vorfällen in New York erzählte, konnte er ihre Angst spüren. Er wollte sie heute Nacht nicht alleine lassen und bot ihr an, auf dem Sofa zu schlafen. Das zauberte ihr ein zartes Lächeln ins Gesicht, aber sie lehnte dankend ab.

»Das kann ich nicht von dir verlangen, ich komm schon zurecht. Wenn du mich nach New York begleitest, ist das schon genug, was du für mich tust.«

Anscheinend war sie es nicht gewohnt, dass sich jemand um sie kümmerte. Sie brachte ihn zur Tür und verabschiedete sich mit einem geseufztem »Danke für alles« von ihm. Sie sah so verloren und zerbrechlich aus, dass er sie am liebsten wieder in den Arm genommen hätte. Er beherrschte sich aber und wollte schon die Wohnung verlassen. Da drehte er sich noch einmal um und konnte nicht widerstehen. Er nahm ihr Gesicht in seine Hände und gab ihr einen Kuss auf die Stirn. »Pass auf dich auf, ich hole dich morgen um sieben Uhr ab.«

Laura hatte Mühe sich zu konzentrieren, wenn ihre Gedanken immer wieder zu Simons Boot und Marcs Kuss zurückkehrten. Sie fühlte sich völlig ausgelaugt und am Ende ihrer Kräfte.

Die Gefühle, die seine Berührung in ihr auslösten, ließen ihr Herz wild klopfen. Ob aus Furcht oder einem anderen Grund, konnte sie nicht sagen.

Laura schloss die Augen. Es hatte sich so gut angefühlt. Marc war nicht über sie hergefallen, sondern hatte nur sanft mit seinen Lippen ihre Stirn berührt. Für einen Moment war sie versucht gewesen, ihm die Arme um den Hals zu schlingen.

Doch wollte sie nicht ihr Leben allein auf die Reihe bekommen, nicht gleich wieder von einem Mann abhängig sein? Dieser Gedanke war es gewesen, der ihr die Kraft gegeben hatte, sich zurückzuhalten.

Aber sie war erleichtert, endlich jemanden an ihrer Seite zu haben. Obwohl sie ein schlechtes Gewissen hatte, Marc Zeit zu stehlen und ihn mit ihren Problemen zu belasten, überwog doch die Erleichterung nicht mehr alleine zu sein. Sie musste es schaffen, sich trotzdem von ihm fernzuhalten, was angesichts seiner Ausstrahlung und seiner liebevollen Art sicher ein schwieriges Unterfangen werden würde.

Liebend gern hätte sie sich bei ihrem Besuch in New York mit Kate getroffen, doch sie wollte sie nicht unnötig in Gefahr bringen.

Ihr graute davor, morgen mit Marc ihre alte Wohnung in Manhattan zu betreten, vor allem, weil sie nicht wusste, in welchem Zustand sie nach dem Einbruch war. Was wäre, wenn die Mörder die Wohnung bewachten und ihnen auflauerten?

Aber sie mussten zuerst dort nach dem Bootsschlüssel suchen, sonst würden sie nie herausfinden, ob sich die Diamanten an Bord des Bootes befanden. Außerdem hatte sie Angst vor der langen Autofahrt mit Marc. Vier Stunden auf engstem Raum mit Marc Belstaff, keine gute Idee.

Laura fand in dieser Nacht besser in den Schlaf, als sie das vermutete. Die Existenz dieses Bootes warf auf alles ein neues Licht. Wenn alles glatt lief, befanden sich dort die Diamanten, und der Spuk hätte ein Ende. Vielleicht war es aber auch die Gewissheit, jetzt jemanden an ihrer Seite zu haben, die sie beruhigte und sie entspannen ließ.

Einerseits war sie froh, endlich ein Stück weitergekommen zu sein, was das Leben ihres Mannes betraf, andererseits hatte sie Angst, was sie dort erwartete.

Und was sollte sie eigentlich mit den Diamanten machen, wenn sie sie finden würde?

Die Sorgen, die sie sich um die bevorstehende Autofahrt gemacht hatte, stellten sich als unbegründet heraus. Erstens dauerte die Fahrt mit Marcs Sportwagen nicht einmal dreieinhalb Stunden und zweitens führten sie eine lockere Unterhaltung und es kam kein unangenehmes Gefühl auf, wenn sie längere Zeit schwiegen. Marc versuchte sie bei guter Laune zu halten, da er wusste, wie angespannt sie war. Sie war dankbar für die Ablenkung und ehe sie sich versah, standen sie schon in der Upper East Side vor der Tür ihres Penthouses. Mit einem mulmigen Gefühl sperrte sie das neue Schloss auf, zu dem ihr der Concierge die Schlüssel gegeben hatte.

Vorsichtshalber ging Marc voraus und blickte zuerst in jedes Zimmer, um auszuschließen, dass sich jemand in der Wohnung befand. Er beendete die kurze Überprüfung und kehrte zurück zu ihr. Sie sah die Besorgnis in seinen moosgrünen Augen und als er ihrem Blick begegnete, fühlte sie sich, als würde die Zeit stillstehen.

Wenn er sie so ansah, sah er ihr nicht nur in die Augen. Er blickte tief in sie hinein, als könnte er ihre Gedanken lesen und ihr in die Seele schauen. Laura ertappte sich dabei, dass sie den Atem anhielt.

Er nickte ihr zu und lächelte, dabei knirschte Glas unter seinen Füßen. Der Zauber war gebrochen.

Laura musste voller Entsetzen das Chaos ansehen, das die Einbrecher angerichtet hatten. Glasscherben lagen auf dem Boden und sämtliche Bücher und Gegenstände waren aus den Regalen geräumt. Der Schreibtisch war durchwühlt und im Schrankraum wurden alle Schubladen ausgeräumt. Sie waren eindeutig auf der Suche nach den Diamanten.

Laura wusste nicht einmal genau, ob es sich bei den versteckten Steinen nur um ein kleines Papierbriefchen oder um einen schwarzen Samtbeutel handelte, indem üblicherweise größere Mengen aufbewahrt wurden.

Auch ihr Lieblingsbild wurde achtlos auf den Boden geworfen und der Tresor aufgebrochen. Laura wusste zwar, dass der Safe leer war, allerdings hatte sie keine Ahnung, ob die Leute nicht doch die Diamanten hier in der Wohnung gefunden hatten. Sie hatte sie damals nicht entdeckt, aber wer weiß, wo Simon sie versteckt hatte.

Gemeinsam mit Marc begab sie sich auf die Suche nach dem Bootsschlüssel. Von der Rechnung kannte sie bereits die Piernummer und den Bootstyp. Jetzt fehlte nur noch der Schlüssel. Während sie im Schreibtisch suchte, stöberte Marc im Schlafzimmer danach.

Marc betrat das Schlafzimmer. Lauras Schlafzimmer. Er musste sich zusammenreißen, nicht über Laura in diesem überdimensional großen Bett nachzudenken. Seine Gedanken kreisten um sie, wie sie verschlafen und nackt in diesem Bett lag. Er musste sich zusammenreißen. Er überlegte, wo er einen Schlüssel aufbewahren würde, wenn er nicht wollte, dass ihn seine Frau fand. Er suchte zuerst in der Nachttischschublade, änderte dann aber seine Taktik und ging in den Schrankraum. Nicht nur um von diesem Bett wegzukommen, das ihn eindeutig ablenkte, sondern weil er eine andere Idee verfolgte. Im Ankleidezimmer befanden sich auf einer Seite teure Anzüge und edle Schuhe und auf der anderen Seite waren Lauras Kleider. Er kannte sie nur in Jeans und T-Shirts. Doch ihre Anmut, die er immer über die Kamera bewundert hatte, kam davon, dass sie sich sonst eher anders kleidete. Ob sie das alles vermisste?

Auf dem Boden lagen Kleidungsstücke aus den Schubladen, hauptsächlich Socken, Schals und hinreißende Dessous. Bilder stürmten auf ihn ein. Laura nur in einem Hauch von nichts aus schwarzer Spitze gehüllt. Er atmete schwer. Um Himmels willen! Was dachte er sich nur dabei? Er musste sich am Riemen reißen und sein unbändiges Verlangen nach ihr unter Kontrolle bekommen. Vorsichtig schob er die Kleidungsstücke mit dem Fuß zur Seite. Das Penthouse war edel eingerichtet und man sah, dass alles viel Geld gekostet hatte. Im Gegensatz zu ihrer jetzigen Wohnung in Boston und ihrem Job bei ihm als Haushälterin war das sicher ein Abstieg, aber sie beschwerte sich nicht und es war ihr nicht anzumerken, dass sie damit unzufrieden war.

Als er die Jacketts der Anzüge abtastete, spürte er in einer Tasche etwas Hartes. Leider förderte er mit einem

Griff in die Innentasche nur ein Feuerzeug zutage. Er suchte weiter und tastete sämtliche Jacken ab. Neben Visitenkarten und Tickets für verschiedene Veranstaltungen fand er beim letzten Jackett wieder etwas Hartes. Ein Griff hinein bestätigte dieses Mal sein Gefühl, ein Schlüssel. »Ich glaub, ich hab ihn!«

Laura lief ins Schlafzimmer und er kam siegessicher aus dem Ankleidezimmer. Sie musterte den Schlüssel in seiner Hand: »Das muss er sein, den kenne ich nicht.«

Ein Lächeln umspielte ihre Lippen und sie blickten sich tief in die Augen. Marc sah sehnsüchtig auf das große Bett in der Mitte des Raumes und seine Fantasie ging mit ihm durch. Laura folgte seinem Blick, berührte ihn zögerlich am Arm und flüsterte: »Lass uns gehen.«

Marc wusste nicht, was er sich dabei gedacht hatte, oder was er sich erwartet hatte. Dass Laura sich mit ihm in ihrem Ehebett wälzte und sich von ihm verwöhnen ließ? Wie kam er nur darauf?

Er hatte vorher bemerkt, wie Laura ein Bild, das auf dem Boden lag, liebevoll in die Hand genommen hatte. Bevor sie jetzt die Wohnung verließen, zeigte er darauf und sagte: »Sollen wir es mitnehmen?« Ihre strahlenden Augen waren Antwort genug und er klemmte es sich unter den Arm.

Der Weg zum Chelsea Pier führte sie vorbei am Central Park. Wehmütig dachte Laura an die Zeit zurück, die sie hier verbracht hatte. Ein paar Mal die Woche war sie schon am

Morgen im Park unterwegs gewesen, um den Kopf freizubekommen und Energie zu tanken.

Jetzt wurde ihr bewusst, dass sie meist alleine war und gar nicht wusste, was ihr Mann so trieb. Von dem Boot hatte sie keine Ahnung, er hatte es nie erwähnt und auch nie davon gesprochen, am Pier zu sein.

Als sie am Hafen des Chelsea Piers ankamen, warf Laura noch einmal wegen der Platznummer einen Blick auf die Rechnung. Die Anlegestelle war direkt neben einem Golfplatz, einer Driving Range direkt am Hudson River. Sie parkten vor dem Chelsea Pier und gingen vorbei an einem Charterunternehmen zum Anlegesteg. An Platz 36 lag ein weißes, unscheinbares Boot. Laura konnte immer noch nicht fassen, dass es Simon gehörte.

Marc ging als Erster an Bord und half ihr an Deck. Laura war froh, dass er bei ihr war und sich vergewisserte, dass sie keiner Gefahr ausgesetzt war. Sanft schaukelnd lag die *Tatjana*, wie in geschwungenen Lettern am Bootsrumpf stand, auf dem Wasser. Laura war sich nicht sicher, nach was sie genau suchten. Hinweise auf Simons Leben oder nur nach den Diamanten. Marc versicherte ihr, dass sie die Diamanten, falls sie sich auf dem Boot befinden sollten, finden würden, da die Versteckmöglichkeiten hier begrenzt waren und sich fast nichts auf dem Boot befand. Jemand hatte es anscheinend leer geräumt.

Sie schauten zuerst in jedem Kasten und jeder Truhe nach, die sie an Bord fanden, und betraten dann den Rumpf. In den Schränken und Fächern wurden sie nicht fündig und so durchforsteten sie die Möbel in der Kombüse und in der Schlafkoje. Die Kajüte wirkte unbenutzt und es befanden sich nur wenige Sachen darin. Sie fanden keine persönlichen Gegenstände, nichts deutete auf Simon hin. Das Boot hätte jedem gehören können. Von den Diamanten war auch keine Spur. Kein Hinweis, keine Papiere, nichts. Laura war frustriert.

Als Marc beim Motor nachsah, blickte sich Laura noch einmal um. Das Bett war bezogen und das war schon alles, was nach einer Benutzung aussah. Vielleicht hatte er da manchmal geschlafen, wenn er behauptete, auf Geschäftsreise zu sein. Sie stellte sich Simon in diesem Bett vor und augenblicklich sah sie eine Frau an seiner Seite.

Ihr Mann hatte eine Affäre! Warum war sie da nicht schon früher draufgekommen.

Sofort suchte sie nach Hinweisen dafür. Sie riss den Kühlschrank in der Kombüse auf, darin befand sich eine Flasche Champagner. Ihre Hände wurden feucht und sie zitterte am ganzen Körper. Schwer atmend machte sie die paar Schritte zum Bad und stellte sich vor den kleinen Spiegelschrank, der sich oberhalb des Waschbeckens befand. Sie sah ihr bleiches Spiegelbild und traute sich nicht, den Schrank zu öffnen. Plötzlich stand Marc an ihrer Seite und meinte: »Gute Idee, da haben wir noch nicht nachgesehen.« Er griff an ihr vorbei und öffnete die kleine Schranktür.

Laura wurde schwarz vor Augen und sie sank zu Boden. Marc fasste ihr noch rechtzeitig unter die Arme und zog sie an sich. In ihr drehte sich alles.

Sie konnte nicht glauben, was sie gerade gesehen hatte. Eine Welt brach für sie zusammen.

Marc drängte sie zurück auf die Bank und ließ sie langsam darauf nieder. Er drehte sich noch einmal um und nahm den durchsichtigen Flakon mit der goldenen Schrift aus dem Schrank. Laura hatte dieses Fläschchen bis jetzt nur bei einer einzigen Person gesehen, die sie kannte.

Kate. Kates Lieblingsduft aus Ägypten.

»Kennst du das Parfum? Ist das deins?«

Laura hörte Marcs Stimme nur von weitem, sie war wie gelähmt. Simon hatte eine Affäre mit Kate.

Ausgerechnet Kate!

»Mein Mann hatte eine Affäre mit meiner besten Freundin!«

Tränen bahnten sich ihren Weg über Lauras Wangen. Sie verbarg ihr Gesicht hinter ihren Händen.

Jetzt war ihr einiges klar.

Das erklärte die Betroffenheit von Kate, als sie ihr die Nachricht von Simons Tod überbrachte. Simon und Kate waren sich höchstens ein paar Mal begegnet und Laura hatte sich noch gewundert, warum Kate so gerührt von seinem Tod war. Aber anscheinend waren sich die zwei doch näher, als es Laura je für möglich gehalten hätte.

»Das tut mir leid«, murmelte Marc verlegen, »aber wenn Kate von dem Boot gewusst hat, vielleicht hat sie sich die Diamanten schon von hier geholt?«

Das klang plausibel, das war vielleicht der Grund, warum sie gar keine persönlichen Gegenstände hier fanden. Kate hatte das Boot schon leergeräumt. Hier waren die Diamanten jedenfalls nicht mehr, ansonsten hätten sie sie gefunden.

Was, wenn Kate wirklich die Steine hatte und sich damit aus dem Staub machte? Sie hätte ihr nie zugetraut, dass ihre Freundin sie so im Stich lassen würde. Aber sie hätte ihr auch nie zugetraut, eine Affäre mit ihrem Mann zu haben.

Von Simon war Laura gar nicht so enttäuscht, aber von ihrer besten Freundin fühlte sie sich hintergangen und betrogen. Sie war ihre engste Vertraute, wie konnte sie ihr das nur antun?

Laura konnte kaum atmen, so übermannten sie ihre Gefühle. Marc merkte, dass sie noch immer blass war, und zog sie hoch. »Komm, wir gehen an die frische Luft!«

Sie gingen wieder an Deck, setzten sich dort auf die kleine Bank und blickten auf das Wasser des Hudson Rivers, das in der Herbstsonne glitzerte. Es war kühl und Lauras Magen knurrte. Marc lächelte und meinte: »Wir gehen jetzt einmal essen und überlegen, was wir dann weiter unternehmen. Irgendwo müssen die Diamanten ja sein.«

»Hier sind sie schon einmal nicht, aber wo sollen wir noch suchen? Ohne die Diamanten werde ich die Typen, die ihn umgebracht haben, nicht los!«

Laura gingen tausend Gedanken durch den Kopf. Sie fühlte sich betrogen. Von Simon, aber vor allem von Kate. Diese beiden Menschen wussten alles von ihr. Aber sie musste schmerzlich erkennen, dass sie keinen blassen Schimmer hatte, wer die beiden wirklich waren.

Wie konnten sie ihr das antun? Wie lange lief das schon?

Marc stand bereits am Pier und hielt Laura die Hand hin, damit sie sicher von Bord gehen konnte. Sie hielt inne, denn entlang des Steges lief ein Hund. Marc bemerkte ihr Zögern und folgte ihrem Blick. »Na, hat da jemand Angst vor Hunden?«

»Ich weiß auch nicht warum, aber ich bekomme immer Panik, wenn mir so ein Vieh zu nahe kommt.« Laura ballte ihre Hände zu Fäusten und wischte sich danach ihre schwitzigen Handflächen an der Hose ab. Der Hund lief an Marc vorbei und Laura atmete erleichtert auf.

»Komm, er ist weg.« Er hielt ihr wieder seine Hand hin und fixierte sie mit seinem warmen Blick. Sie legte ihre Hand in seine und spürte sofort die Verbindung zwischen ihnen. Wie elektrisiert durchfuhr sie ein Blitz und sie traute sich gar nicht, ihn anzusehen.

Als sie wieder festen Boden unter den Füßen hatte, ließ sie seine Hand los. Da legte Marc einen Finger unter ihr Kinn und hob ihren Kopf an, sodass sie ihn ansehen musste.

Er streckte ihr die Hand entgegen. »Komm her.«

Sie zögerte, stand nur da und schaute ihn an. In ihren Augen spiegelte sich eine seltsame Mischung verschiedener Empfindungen. Dann schüttelte sie den Kopf. »Marc, ich glaube nicht ...«

»Komm her.«

»Ich kann das nicht« protestierte sie, griff aber dennoch nach seiner Hand. Sie sah erschöpft und zerbrechlich aus.

Er legte seine Arme um sie, aber sie stand nur regungslos da. Sie roch einfach zu gut. Sie fühlte sich zu gut an. Ihr Körper passte zu gut zu seinem.

Langsam, sehr langsam schlang sie ihre Arme um ihn. Er war der glücklichste Mann auf Erden.

Am liebsten wollte er sie ewig festhalten. Er wollte sie beschützen und sie davon überzeugen, dass alles gut werden würde, aber er wusste nicht wie. Marc erinnerte sich nicht daran, sich jemals so danach gesehnt zu haben, eine Frau zu küssen.

Sie hob den Kopf und blickte ihn an. Sein Mund war ganz trocken. Er wusste, dass sein Blick alles verraten würde, als er sie ansah. Sie konnte es deutlich in seinen Augen lesen. Er wollte sie. Keine Frage, kein Zweifel.

In ihren kristallblauen Augen schimmerte auch Verlangen. Sie sehnte sich ebenso nach ihm. Er entdeckte jedoch auch Zweifel und einen Anflug von Furcht in ihrem Blick.

Sie hatte Angst.

Er wollte, dass sie sich bei ihm sicher fühlte. Er wollte sie. Beinahe wäre er zurückgewichen.

Aber als sie den Mund kaum merklich öffnete, konnte er nicht widerstehen. Er küsste sie. Langsam, zärtlich berührte er ihre Lippen.

Als er seine Lippen über ihre gleiten ließ, bemerkte er, dass ihr Mund tatsächlich so weich war, wie er es sich vorgestellt hatte. Reines Verlangen schoss durch seinen Körper. Er brauchte alle Selbstbeherrschung, um dieser Sehnsucht nicht nachzugeben, sie an sich zu pressen und wild zu küssen.

Behutsam, ganz sacht strich er mit der Zunge über ihre Lippen und erkundete zaghaft ihren weichen Mund. Er schloss die Augen und zwang sich dazu, sich noch langsamer zu bewegen. Als sie seine Zärtlichkeiten erwiderte und den Kuss vertiefte, fühlte er sich wie benommen.

So etwas hatte er bei keiner anderen Frau erlebt. Bei keiner, zu der er sich hingezogen gefühlt, bei keiner, mit der er Sex gehabt hatte.

Er nahm eine Enge in seiner Brust wahr, als Laura unter seinen Händen erzitterte. Ein so starkes Gefühl hatte er noch nie empfunden. Damit hatte er nicht gerechnet und es hörte auch nicht auf, nachdem der Kuss vorbei war.

Sie sah ihn an. »Vielleicht sollten wir lieber fahren.«

Er berührte sanft ihr Haar und musste sich zwingen, sie aus seiner Umarmung freizugeben. Er wollte sie nicht gehen lassen.

Im Auto war es still, Laura war verwirrt. »Was sollen wir jetzt tun?«

Marc versuchte sie zu beruhigen, aber ihm fiel keine plausible Antwort auf ihre Frage ein.

Am liebsten wäre Laura sofort zu Kates Wohnung gefahren und hätte sie zur Rede gestellt. Aber sie hatte nicht die Kraft, ihr jetzt gegenüber zu treten. Vielleicht war sie auch mit den Diamanten schon über alle Berge. Wusste Kate, warum Simon umgebracht wurde? Hatte sie eine Ahnung von seinen dubiosen Geschäften?

Aber welche ehrliche Antwort konnte sie denn jetzt von ihr erwarten, wenn sie schon die ganze Zeit von ihr belogen wurde.

Marc und Laura beschlossen etwas außerhalb bei einem Diner zu essen, um nicht länger als notwendig, in der Stadt zu bleiben. Sie hoffte nur, dass sie bei der Wohnung oder beim Boot kein zu großes Risiko eingegangen waren.

Zurück in Boston setzte Marc Laura bei ihrer Wohnung ab. »Danke Marc, für alles. Ich wüsste nicht, wie ich das heute alles ohne dich geschafft hätte.«

Er sah sie mitfühlend an und verabschiedete sich.

Sie musste jetzt alleine sein, ihre Gedanken ordnen.

So viele Gespräche mit Kate gingen ihr durch den Kopf und jetzt machte es auch Sinn, warum Kate, sooft keine Zeit hatte, wenn Simon auf Geschäftsreise war. Sie war so dumm gewesen und die zwei hatten sich über sie totgelacht, als sie es auf dem Boot miteinander trieben. Wie lange ging diese Affäre schon und hatte er geplant, sie zu verlassen?

Zu dem Chaos in ihrem Kopf kam jetzt auch noch ein Durcheinander ihrer Gefühle. Marc hatte sie geküsst. Und es war nicht irgendein Kuss. Er hatte sie geküsst, als ginge es um sein Leben. Allein bei dem Gedanken spürte Laura das Prickeln in ihrem ganzen Körper. Ihr Leben verlief so viele Jahre absolut langweilig und bedeutungslos und auf einmal stand alles Kopf. Damit musste sie erst einmal zurechtkommen.

Und wo waren die verdammten Diamanten? Das war das Einzige, auf das sie sich jetzt konzentrieren musste, nur das konnte ihr Leben retten und dieses Katz- und Mausspiel beenden. Denn auch wenn sich Kate die Steine schon geschnappt hatte, gingen die Mörder noch immer davon aus, dass sie in Lauras Besitz waren.

Sie war es so satt, auf der Hut zu sein, sich unsichtbar zu machen, nicht aufzufallen, keine Spuren zu hinterlassen.

Zwei Tage verstrichen, in denen Laura versuchte, nur ihre Arbeit zu machen, sie aber trotzdem im Kopf sämtliche Szenarien durchspielte, wie sich alles ereignet haben könnte. Aber so sehr sie sich auch ihr Hirn zermarterte, ihr fehlten Informationen, sie durchschaute die ganze Geschichte nicht.

Ihr blieb nichts anderes übrig, als mit Kate zu sprechen. Sie hatte es aber noch nicht geschafft, so gefasst zu sein, dass Kate keinen Verdacht schöpfen würde.

Sie wollte die Tatsache, dass sie ihr auf die Schliche gekommen war, einstweilen noch für sich behalten. Vielleicht verschaffte ihr das einen Vorteil.

In dem Moment, als sie wieder daran dachte, sich bei ihr zu melden, läutete ihr Telefon.

Kate. Laura atmete noch einmal tief durch und nahm dann das Gespräch an.

»Laura, bitte bring die Diamanten zu mir, die bringen mich sonst um!«

Der Tonfall in Kates zittriger Stimme verhieß nichts Gutes. Sie begann laut zu schluchzen und plötzlich hörte Laura eine tiefe, männliche Stimme.

»Du hast drei Tage Zeit, du bringen Diamanten zu Freundin, oder sie ist tot! Net Politsii!«

Dann war es plötzlich still und das Gespräch beendet. Fassungslos starrte Laura auf das Display ihres Handys.

Sie hatten Kate.

Und offensichtlich hatte Kate nicht die Diamanten. Kate ging also davon aus, dass sie sie hatte, oder zumindest tat sie so, um Zeit zu gewinnen.

Was erwartete sie jetzt eigentlich von ihr? Wollte sie von der gehörnten Ehefrau gerettet werden? War es vielleicht ein Hinterhalt und sie wollte nur die Diamanten von ihr?

Wer weiß, vielleicht steckte auch Kate mit Simon bei den Diamanten unter einer Decke und Laura sollte das jetzt alles ausbaden. Sie warf ihr Handy aufs Sofa und versetzte dem Tisch einen Tritt. Sie fluchte leise. Sie wusste gar nicht mehr, was sie denken sollte. Nach einem langen Seufzer sank sie aufs Sofa und vergrub ihr Gesicht in ihren Händen. Warum zerstörten die zwei ihr Leben?

Laura hätte am liebsten sofort Marc davon erzählt, aber sie beherrschte sich. Sie wollte ihn jetzt nicht stören, da sie ihn ohnehin in einer Stunde treffen würde. Er hatte sie zum Essen eingeladen. Zuerst schlug er vor, sie fein auszuführen, aber sie entschieden sich dann beide dagegen, da sie nicht unnötig Aufmerksamkeit erregen wollten. Ein Foto von beiden in der Presse und ihr Aufenthaltsort wäre preisgegeben. Sie beschlossen, sich vietnamesisches Essen bringen zu lassen. Allein bei dem Gedanken knurrte ihr Magen.

Auf der Busfahrt spielten Lauras Gedanken wieder verrückt. Der Mann am Telefon hatte eindeutig einen russischen Akzent, wie in einem schlechten Film. Nur dass hier ihre Freundin, oder besser gesagt ihre ehemalige Freundin in Gefahr war. Wenn man an Simons Schicksal dachte, in Lebensgefahr.

Laura stieg aus dem Bus und unter ihren Füßen raschelte das Laub. Sie war in ihre Lederjacke gehüllt, denn der Herbst zeigte sich von seiner unschönen Seite. Kalter Wind blies ihr durchs Haar und sie kuschelte sich tiefer in ihren flauschigen Schal. Als sie nur mehr wenige Schritte von Marcs Haus entfernt war, sah sie ihn schon in der Tür stehen und auf sie warten. Da hielt plötzlich ein weißer Lieferwagen neben ihr, der Fahrer sprang heraus und lief um das Fahrzeug. Laura blieb das Herz stehen, sie wartete schon darauf, dass sie jetzt gepackt und in das Fahrzeug gezerrt wurde. Wie gelähmt stand sie da und starrte dabei in Marcs lächelndes Gesicht. War das, das letzte Mal, dass sie ihn sah. Sie konnte sich eine gemeinsame Zukunft mit ihm vorstellen und nun war es schon vorbei, bevor es richtig begonnen hatte.

Kapitel 8

Lauras Augen füllten sich mit Tränen. Da wurde auch schon die Schiebetüre des Wagens aufgerissen und der Fahrer griff ins Wageninnere und holte eine große Wärmebox heraus. Laura rang nach Luft, die sie unbewusst angehalten hatte. Sie hatte tatsächlich an eine Entführung gedacht, während das Essen geliefert wurde. Sie kam sich so dämlich vor, so konnte das nicht weitergehen.

Marc sah Laura bereits kommen und wunderte sich über sein Lächeln im Gesicht. Ihr bloßer Anblick machte ihn schon glücklich. Er konnte es gar nicht erwarten, sie bei sich zu haben.

Für heute hatte er leckeres Essen beim Vietnamesen bestellt und wollte sie so richtig verwöhnen. Er wollte sie auf andere Gedanken bringen und vor allem musste sie etwas essen. Ihm kam vor, dass sie schon wieder dünner geworden war. Das alles nahm sie sichtlich mit. Ganz uneigennützig war die Einladung zum Essen nicht, da er gerne Zeit mit ihr verbrachte und sie bei ihm sicherer aufgehoben war, als allein in ihrer Wohnung.

Er sah, wie der Lieferwagen neben ihr hielt. Da wurde sie leichenblass und sah aus, wie ein Kaninchen, das vor einem Fuchs stand. Wie angewurzelt blieb sie stehen und ging erst wieder weiter, als der Lieferdienst mit dem Essen an ihr vorbeiging.

Marc nahm die Box entgegen und bezahlte, dann begrüßte er Laura, die schon auf der Treppe stand und den Mann verabschiedete, der an ihr vorbeihuschte. Marc bemerkte Lauras gezwungenes Lächeln, bat sie aber herein, ohne darauf näher einzugehen. Er nahm ihr die Jacke und den Schal ab. »Komm rein, wie geht es dir?«

Laura murmelte etwas, das sich nach »gut« anhörte, aber dann sah er die Tränen in ihren Augen. Es brach ihm fast das Herz, sie so traurig und verzweifelt zu sehen.

»Ich komm mir so dämlich vor, ich dachte ernsthaft, der Lieferwagenfahrer wollte mich entführen«, sprudelte es aus ihr heraus.

Jetzt war Marc klar, warum sie wie erstarrt vor dem Wagen stehen geblieben war. Sie musste panische Angst gehabt haben und er stand untätig in der Haustür. Er ärgerte sich über sein achtloses Verhalten, aber er konnte ja nicht ahnen, was sie durchmachte. Er nahm sie zärtlich in den Arm. »Hier bist du sicher.«

Gemeinsam packten sie das köstlich duftende Essen aus und setzten sich an den gedeckten Tisch. Es schmeckte herrlich und für einen Moment vergaßen beide all ihre Sorgen. Doch als ihm Laura von dem Anruf erzählte, den sie heute von Kate erhalten hatte, verging ihm der Appetit.

Wenn sie jetzt schon ihre Freundin in New York hatten, war Laura die Nächste. Er konnte das nicht zulassen, er durfte sie nicht verlieren. Sie kannten sich erst wenige Wochen, aber sie war aus seinem Leben nicht mehr wegzudenken.

Er musste unbedingt mit Tom reden, der wusste sicher, was zu tun war. Er wollte Laura nicht mehr in ihre Wohnung lassen. Irgendwie musste er sie überreden, ab jetzt hier zu schlafen. Am besten in seinem Bett, aber er würde ihr natürlich ein Gästezimmer anbieten.

»Auf keinen Fall darfst du zurück nach New York!«

»Wie auch, ich habe die Diamanten nicht, ich kann dort wohl kaum mit leeren Händen auftauchen.«

Nach dem Essen räumten sie den Tisch ab und Marc schickte Laura schon voraus ins Wohnzimmer. Sie kuschelte sich dort mit einer Decke aufs Sofa und Marc kam mit zwei Kaffeetassen nach. Während Laura sich an ihrer Tasse die Hände wärmte, entfachte er im Kamin ein Feuer. Sie sah ihm dabei zu und lächelte verträumt. Ihr dürfte die Vorstellung gefallen, die er ihr bot.

Als die ersten Flammen über die Holzscheite züngelten, setzte er sich zu ihr und trank von seinem Kaffee. Sie starrten beide in das Feuer und Laura rückte so nahe an ihn heran, dass sich ihre Schultern berührten. Marc legte seinen Arm um sie und zog sie noch ein bisschen enger an sich. Langsam ließ Laura ihren Kopf an seine Schulter sinken und er merkte wie sie sich immer mehr entspannte. Still genossen sie die Wärme und Nähe.

Für Laura wurde ein Traum wahr. Hier mit Marc vor dem Kaminfeuer. Wie sehr hatte sie davon in New York geträumt. Mit ihm schien alles möglich. Hätte sie ihn zu einer anderen Zeit an einem anderen Ort getroffen, könnte sie sich ein Leben mit ihm vorstellen. Sie genoss seine Nähe und hier in seinem Arm fühlte sie sich geborgen und wollte mehr. Aber sie konnte keine neue Beziehung eingehen. Nicht jetzt, wo nicht einmal sie sicher war. Und ihn wollte sie unter keinen Umständen gefährden. Als sie den Kopf drehte, sah sie ihm direkt in seine moosgrünen Augen. Er fühlte sich ertappt, weil er sie beobachtete. Aber Laura fand das süß und als er nun seine Kaffeetasse wegstellte und seine warme Hand sanft an ihre Wange legte, hielt sie den Atem an. Er würde sie jetzt doch nicht küssen. Doch, bitte lass ihn mich küssen.

Seine Augen suchten in ihren eine Erlaubnis und Laura konnte es nicht mehr erwarten, seine Lippen auf ihren zu spüren. Sie kam ihm auf halben Weg entgegen und berührte sanft seine Lippen. In diesem Moment vergaß sie alles um sich herum und gab sich ganz ihren Gefühlen für diesen Mann hin. Sie konnte sich gar nicht mehr erinnern, wann sie das letzte Mal so geküsst wurde, oder ob überhaupt jemals. Selbst der Kuss am Pier wurde, obwohl sie das nie für möglich gehalten hätte, in den Schatten gestellt. Marcs Hand wanderte zu ihrem Hals und strich zärtlich über ihre Haut. Trotz der Wärme, die von dem Kaminfeuer ausging, bekam sie eine Gänsehaut unter seinen Berührungen. Ihre Hände schmiegten sich ebenfalls an seinen Körper und sie spürte sein Herz schnell unter ihrer Hand schlagen. Laura schloss die Augen und genoss seine Umarmung, sie fühlte sich so sicher bei ihm.

Gott, sie liebte diesen Mann.

Marc war am Ziel. Das hatte er sich seit Wochen vorgestellt. Laura in seinen Armen. Ihre Lippen waren so unendlich zart und sie schmeckte nach Kaffee. Der Kuss am Pier hatte ihm schon einen Vorgeschmack auf das gegeben, was ihn nun erwartete. Aber die süße Vermutung wurde übertroffen.

Ein Hauch von Parfum hing noch in ihren Haaren und er hätte am liebsten die Zeit angehalten. Ihre kleinen Hände erkundeten seinen Rücken und eine Hand lag jetzt auf seiner Brust. Er wollte diese Frau nie wieder loslassen. Allein bei dem Gedanken, dass sie in Gefahr war, krampfte sich sein Magen zusammen.

Sein Beschützerinstinkt war geweckt und er war bereit, alles für sie zu tun.

Plötzlich setzte sich Laura aufrecht hin und unterbrach damit den innigen Kuss. Er wollte schon protestieren, doch ein Blick in ihre ängstlichen Augen ließ ihn verstummen, ehe er noch etwas sagen konnte.

»Ich kann das nicht«, stammelte Laura und fuhr sich mit ihren Händen fahrig durchs Haar. »Es ist nicht der richtige Zeitpunkt.«

»Es gibt keinen richtigen Zeitpunkt, wir beide sind hier und du fehlst mir jetzt schon, obwohl du nur einen halben Meter entfernt bist«, erwiderte Marc zärtlich.

Marcs treuer Blick und sein sanftes Lächeln berührten Laura tief im Inneren. Sie wollte ihn so sehr. Aber ihr Leben war zur Zeit ein einziges Chaos und auf keinen Fall wollte sie Marc gefährden. Er hatte eine Frau an seiner Seite verdient, mit der er sich zeigen konnte, mit der er ein sicheres Leben führen konnte. Nicht eine wie sie, die auf der Flucht war und gar nicht wusste vor wem.

»Ich muss schnell ins Bad.« Laura sprang auf und stolperte fast über die Decke, in die sie sich gekuschelt hatte.

Im Badezimmer benutzte sie zuerst die Toilette und wusch sich dann die Hände. Ihr Spiegelbild blickte ihr mit rosigen Wangen und etwas zerzausten Haaren entgegen. Sie sah aus, als hätte sie gerade Sex gehabt. Dabei hatten sie sich nur geküsst. Ihre geröteten Lippen bezeugten das. Sie musste lächeln und berührte sanft ihre Unterlippe. Sie war glücklich.

Wenn man all die Sorgen und Gefahren von außen vergaß, dann war sie glücklich. Hier mit Marc.

Aber konnte sie sich mit einem Mann einlassen, obwohl jeder in ihrer Nähe in Gefahr war? Ein Mann, den sie mehr als ihr eigenes Leben beschützen wollte? Jetzt hatten sie schon Kate, vielleicht war er der Nächste. Konnte sie ihm das antun? Die würden nicht eher ruhen, bevor sie ihre Diamanten wieder hatten. Wie viele Menschen mussten noch sterben?

Laura fuhr sich durch die Haare und versuchte, die Strähnen zu bändigen. Abrupt hielt sie in der Bewegung inne. Und wenn sie sterben musste, war es dann nicht ihr gutes Recht davor noch einmal einen Menschen zu lieben? Marc zu lieben?

Sie konnte sich gar nicht mehr an ihren letzten Sex erinnern, schon gar nicht an fantastischen Sex.

Entschlossen verließ sie das Bad und ging zurück ins Wohnzimmer. Marc hatte wieder Holz in den Kamin gelegt und der ganze Raum war eingehüllt in wohlige Wärme und in flackerndes, rötliches Licht. Er blickte von der Feuerstelle zu ihr auf, als sie das Wohnzimmer betrat und da wusste sie, auch wenn es das Letzte war, was sie machte, sie wollte diesen Mann.

Langsam ging sie auf ihn zu und lächelte. Er erhob sich und kam ihr ein paar Schritte entgegen. Als ob auch er es nicht mehr erwarten konnte. Er nahm sie zuerst an beiden Händen und wollte etwas sagen. Doch nach einem langen Blick in ihre Augen schloss er seinen Mund wieder lautlos. Das Blitzen in seinen Augen wurde zu flammender Glut. Er zog sie sanft an sich. Der Glanz darin hatte etwas Hypnotisierendes. Da er sie nach endlosen Sekunden immer noch nicht küsste, legte Laura ihre Hände an seine Schultern und küsste ihn. Ihr wurde beinahe schwarz vor Augen.

Es war nur ein leichter Kuss, eine sanfte Liebkosung seines Mundes mit ihren Lippen.

Er atmete schwer, als sie sich zurücklehnte, um ihn anzusehen. Seine Augen wirkten im Schein des Kaminfeuers fast schwarz. Nun senkte er den Kopf, fing ihren Mund mit seinen Lippen und küsste sie. Ganz und gar, ein Kuss aus tiefster Seele. Sie legte den Kopf schräg, um ihm entgegenzukommen, öffnete ihre Lippen und spielte mit seiner Zunge. Sie hoffte auf mehr, wollte mehr.

Er drückte sie eng an sich, während sie sich an ihn klammerte, und küsste sie noch leidenschaftlicher. Seine Hände glitten tastend, besitzergreifend über ihren Körper, während sie sich eng an ihn schmiegte.

Marc hörte ihr Seufzen und sah, wie sie die Augen schloss, als er sie erneut küsste. Ihre Hände lösten auf seinen Armen ungeahnte Empfindungen aus. Und erst als sie die Hände zu seinen Schultern hinaufgleiten ließ und von dort weiter zu seinem Nacken, vergaß er, wo oben und unten war. Er drückte sie an sich und sehnte sich danach, ihre Brüste zu streicheln, begnügte sich jedoch vorerst damit, sie an seiner Brust zu spüren. Sie wurde leidenschaftlicher, besitzergreifender und befreite ihn von seinem T-Shirt. Ihre Hände fühlten sich auf seiner erhitzten Haut kühl an. Sein Puls beschleunigte sich unter ihrer Berührung. Sie ließ ihre Hände an seinem Rücken hinuntergleiten. Marc stöhnte.

»Ich will dich in meinem Bett«, flüsterte er ihr ins Ohr und verteilte Küsse auf ihrem Hals. Laura sah ihn mit einem verschleierten Blick an und nickte nur.

Sie lächelte sinnlich und ihre Augen wanderten über seinen Oberkörper. Ihr schien zu gefallen, was sie sah. Sacht fuhr sie mit ihren Fingerspitzen an seinen Armen hinauf, über seine Schultern und von dort hinunter zu seiner nackten Brust. Ihre Liebkosungen brachten ihn beinah um den Verstand.

Er wollte unbedingt ihre nackte Haut spüren und streckte die Hand nach ihr aus. Sie erschauderte unter seinen sinnlichen Berührungen. Sie ergriff seine Hand und zog ihn mit sich. Gemeinsam hasteten sie ins Schlafzimmer, unterbrochen von wilden, leidenschaftlichen Küssen. Laura kicherte ausgelassen, doch als sie den Raum betraten und vor dem Bett standen, wich das Lachen aus ihren Augen. Beinahe meinte er, Tränen darin schimmern zu sehen.

Marc wollte sie nicht drängen und fragte sanft: »Willst du auch wirklich?«

Laura war so überwältigt von ihren Gefühlen und ihrem Verlangen, dass sie nicht wusste, was geschehen würde, wenn sie den Mund öffnete. Sie sehnte sich so sehr danach, in seine Arme genommen zu werden und dass sie beide vollendeten, was sie begonnen hatten.

Deshalb sagte sie nichts und küsste ihn so hungrig, dass er ohne Worte verstand, dass sie ihn wollte. Er half ihr beim Ausziehen der Bluse und als sie ihre Hose abstreifte, tat er das gleiche mit seiner.

Nun stand sie nur mehr in einem schimmernden Seidenhöschen und mit einem schwarzen Spitzen-BH vor ihm. Mark streckte die Hand nach ihr aus.

Er zog sie aufs Bett und erforschte mit sinnlicher Ungeduld ihren Körper. Wie Stromschläge fühlte sie seine Finger an ihrer erhitzten Haut. Es war ein berauschendes, überwältigendes Gefühl. Sein Verlangen danach, eins mit ihr zu werden, wurde schier unerträglich.

Er lag zwischen ihren Beinen und spürte ihre Hitze, als sie sich ihm entgegen bog und sich an seiner Erektion rieb.

Laura zerrte an seinen Boxershorts und er rollte sich von ihr herunter, um ihr beim Ausziehen zu helfen. Dabei befreite er sie auch von ihren letzten Kleidungsstücken.

Dann waren sie beide nackt.

Er spürte ihre glatten, straffen Schenkel und liebkoste ihre Brüste. Sie stöhnte und drängte sich noch enger an ihn. Da drehte er sich zur Seite und nahm aus der Nachttischschublade ein Kondom.

In fieberhafter Eile glitten ihre Hände über seinen Körper, als er die Verpackung öffnete. Sie beugte sich über ihn und verteilte Küsse auf seinem Oberkörper. Als er sich das Kondom übergestreift hatte, drehte er sich mit ihr zusammen um, so dass er oben war und zwischen ihren geöffneten Schenkeln lag. Sie hob ihm das Becken entgegen.

Der Ausdruck in Lauras Augen spiegelte die Intensität ihrer Gefühle wieder, als er in sie eindrang. Er unterbrach den Blickkontakt auch dann nicht, als er sich in einem langsamen Rhythmus zu bewegen begann. Die Vereinigung war so vollkommen, dass ihm das Herz bis zum Hals klopfte. Als er ihr in die Augen blickte, sah er Möglichkeiten, mit denen er nicht gerechnet hatte. Er sah eine Zukunft mit dieser Frau.

Eng umschlungen und berauscht von den leidenschaftlichen Empfindungen, die sie durchfluteten, trieben sie gemeinsam dem Gipfel der Lust entgegen.

Als Laura am Morgen von den Sonnenstrahlen geweckt wurde, konnte sie ihr Glück nicht fassen. Ihr Körper schmerzte süß an einigen Stellen von gestern Abend und es war, als schwebe sie auf einer Wolke.

Sie hatte mit Marc Belstaff geschlafen.

Es war unglaublicher Sex.

So etwas hatte sie nicht einmal mit Simon am Anfang ihrer Beziehung erlebt. Am Ende sowieso nicht, da rührte er sie nicht mehr an.

Alles könnte so perfekt sein, wären da nicht irgendwo Diamanten versteckt, von denen ihr Leben abhing und nun auch Kates.

Das leise Klicken der Schlafzimmertür ließ sie aufschauen. Marc betrat mit zwei Kaffeetassen das Schlafzimmer und sah ebenso befriedigt aus, wie sie sich fühlte. Er war ein Traum von einem Mann, vor allem jetzt, da er nur Boxershorts trug und von köstlichem Kaffeeduft umhüllt wurde. Fasziniert musterte sie seine Muskeln und merkte, wie sich ihre Lippen zu einem anerkennenden Lächeln verzogen.

Laura setzte sich im hoffnungslos zerwühlten Bett auf und Marc gesellte sich zu ihr. Zum ersten Mal sah sie sich auf dieser Reise nicht mehr allein. Gemeinsam tranken sie stillschweigend den Kaffee.

Dann stellte Marc die Tassen auf das Nachtkästchen. Er nahm ihre Hand in seine und strich mit seinem Daumen über ihren Handrücken. Er nagte unschlüssig an seiner Unterlippe herum.

»Ich will, dass du nicht mehr alleine in deine Wohnung gehst.«

Laura merkte, wie schwer ihm dieser Satz fiel. Wahrscheinlich hatte er lange darüber nachgedacht, ob er das von ihr verlangen konnte. Aber er hatte Recht. Auch sie glaubte, dass sie dort nicht mehr sicher war.

»Bleib bei mir hier!«, fuhr er vorsichtig fort und zog sie an sich, um ihr einen Kuss auf die Stirn zu geben.

Laura lächelte, nichts lieber als das würde sie tun.

»Hier im Bett?«

»Das wäre überhaupt die beste Idee.«

Er drehte sie auf den Rücken und warf sich auf sie. Laura kicherte und verlor sich in seinen Armen. Sie hätte nichts dagegen, dort weiterzumachen, wo sie gestern Nacht aufgehört hatten.

Er küsste sie und als er seine Lippen von ihren löste, hätte sie fast »Ich liebe dich« gesagt.

In der nächsten Woche schwebte Laura auf Wolke sieben. Vormittags erledigte sie die Hausarbeit und Marc war im Büro. Nachmittags nahm er sich frei und sie verbrachten die Tage und Nächte miteinander.

Am Montag holten sie gemeinsam Lauras Sachen aus der Wohnung und sie verabschiedete sich vorerst von Sarah. Laura beschloss, ihre Freundin aus allem herauszuhalten, damit sie sich nicht unnötig Sorgen machte. Sie riet ihr zwar, vorsichtig zu sein, aber sie erzählte ihr nichts von den Diamanten und den Killern, die hinter ihr her waren.

Sarah freute sich ausgelassen mit ihr über das neue Glück, das sie gefunden hatte.

»Jetzt müssen wir nur noch für dich einen Mann finden«, witzelte Laura, als sie sich von ihrer Freundin verabschiedete.

»Viel Spaß euch zwei, dann kann ich mich jetzt ganz auf meine Bilder konzentrieren. Keiner mehr da, der mich ablenkt.« Sarah grinste übers ganze Gesicht und drückte Laura noch eine Box mit ihren selbstgemachten Muffins in die Hand.

Laura fügte sich von Tag zu Tag mehr in ihr neues Leben an Marcs Seite ein. Alles passte. So könnte sie sich den Rest ihres Lebens vorstellen. Während ihrer vormittäglichen Arbeit im Haus kreisten ihre Gedanken immer um Marc. Gerade als sie wieder vor sich hin träumte, stand er plötzlich hinter ihr. Erschrocken presste sie die Hand auf ihr rasendes Herz. »Himmel, musst du dich so anschleichen?«

Marc grinste amüsiert. »Eigentlich bin ich ganz normal gegangen. Du hast geträumt.«

»Stimmt.« Sie atmete tief durch und spürte, wie sie sich ein wenig entspannte. »Wolltest du etwas Bestimmtes?«

Marcs Augen funkelten, es war offensichtlich, was er dachte. Doch dann wurde er ernst. »Hast du schon etwas von deiner Freundin gehört? Heute ist Dienstag.«

Laura wusste, dass heute die Frist für Kate ablief. Sie sollte heute in New York die Diamanten übergeben, um ihre ehemals beste Freundin zu retten. Diamanten, die sie nicht hatte.

Was würde passieren, wenn sie dort nicht auftauchte?

»Nein, ich habe nichts von ihr gehört. Wer weiß lebt sie noch? Sollen wir doch die Polizei einschalten? Wir könnten ihnen einen anonymen Tipp geben und sie zu ihrer Wohnung schicken?«

»Selbst wenn diese Kerle verhaftet werden, du bist deshalb noch lange nicht sicher. Dann schicken sie neue Eintreiber. Die werden keine Ruhe geben, bis sie ihre Diamanten haben.« Damit nahm ihr Marc auch diesen Hoffnungsschimmer. Aber er hatte Recht.

Warum sollte sie Kate retten und sich selbst in Gefahr bringen? Diese Frau hatte sie belogen und ein Verhältnis mit ihrem Mann. Laura erwartete trotzdem jeden Moment einen Anruf. Aber das Telefon blieb still.

Kein Lebenszeichen von Kate.

Jeden Morgen frühstückten sie gemeinsam und Laura wunderte sich, dass Marc immer den Tisch reichlich deckte, obwohl sie ja wusste, dass er morgens normalerweise nur eine Tasse Kaffee trank.

Er verwöhnte sie, wo es nur ging, und nahm zu Mittag immer Essen aus der Stadt mit, da er ja um ihre Kochkünste Bescheid wusste.

Langsam wurde ihre Hose eng. So viel wie jetzt hatte sie schon lange nicht mehr gegessen. Aber die nächtlichen Eskapaden regten ihren Appetit an. Sie wollte auch mehr von diesem Mann und konnte nicht genug von ihm bekommen.

Sie war rundum glücklich und hätte das in Anbetracht ihrer derzeitigen Situation nicht für möglich gehalten.

Die Killer saßen ihr im Nacken und sie verlor sich in den Armen eines Mannes, den sie erst ein paar Wochen kannte. Hoffentlich wurde ihr das nicht zum Verhängnis.

Am Sonntagmorgen riss Laura das Läuten ihres Handys aus der innigen Umarmung von Marc. Sie genossen eine Tasse Kaffee im Bett, als sie eine unbekannte Nummer auf dem Display erstarren ließ. Wer konnte das sein? Laura setzte sich hastig auf und warf Marc einen fragenden Blick zu. Der nickte nur stumm und sie nahm das Gespräch an.

»Hallo?«

»Laura, hier ist Sarah. In deine Wohnung wurde heute Nacht eingebrochen!«

»Verdammt, Sarah. Ist dir auch nichts passiert? Ich bin bei Marc.«

»Gott sei Dank. Ich bin auch erst gegen vier Uhr von der Charles Regatta heimgekommen. Da war die Haustür aufgebrochen und da meine Wohnungstür unversehrt war, habe ich bei dir nachgesehen. Sie haben alles verwüstet.«

»Mach dir keine Sorgen, Sarah. Ich komme für den Schaden auf und bei mir konnten sie nichts stehlen. Es befand sich nichts Wertvolles in der Wohnung. Da hatten sie Pech.«

Sarah erzählte ihr, dass sie gerade bei der Polizei war und alles zu Protokoll gab. Dann beendete sie das Gespräch. Marc sah Laura fassungslos an.

»Du gehst nicht mehr in deine Wohnung!«

»Hatte ich auch nicht vor. Es kann aber alles auch nur ein Zufall sein. Ständig werden Wohnungen aufgebrochen und wird etwas gestohlen. Aber wenn sie mich tatsächlich in Boston gefunden haben, dann wird es nicht mehr lange dauern und sie finden mich auch hier.«

Laura erschrak, als Marc sie an sich ziehen wollte. Aber er ließ sich davon nicht abbringen und zog sie an seine Brust. Die Anspannung der letzten Wochen übertrug sich auf ihren Körper. Dankbar jemanden an ihrer Seite zu haben, schmiegte sie sich in seine Umarmung.

»Wir schaffen das gemeinsam«, murmelte er ihr ins Haar und küsste sie auf den Scheitel.

Da läutete das Handy schon wieder. Laura nahm das Gespräch an.

»Was ich noch vergessen habe. Die Polizei hat mir ein Foto aus der Webcam vom Park gegenüber gezeigt. Darauf sieht man eine Frau aus unserem Haus kommen. Ich kenne sie nicht, aber vielleicht hast du sie schon einmal gesehen? Ich schicke dir das Foto per whatsapp.«

»Danke Sarah, für alles. Ich melde mich dann bei dir.«

Laura beendete das Gespräch und wartete mit Marc gespannt vor dem Telefon. Ein leichtes Vibrieren kündigte die Nachricht an und Laura öffnete die Bilddatei. Ein Blick auf das Foto reichte ihr.

Obwohl es nicht die beste Qualität war und man nur den Oberkörper gut erkennen konnte, war Laura klar, wer diese Frau war. »Sie haben mich gefunden!«, flüsterte sie kaum hörbar.

»Kennst du die Frau?«

»Das ist die Nutte, die meinen Mann umgebracht hat.«

Kapitel 9

Marc war fassungslos.

Er fühlte Lauras zitternden Körper in seinen Händen und konnte ihr nicht helfen. Die Killer waren in Boston und ihr dicht auf der Spur. Sie war auch hier bei ihm nicht mehr sicher.

»Wir müssen jetzt strategisch vorgehen. Was wissen wir über sie?« Marc setzte sich aufrecht hin, hielt aber weiterhin Lauras Hände.

»Der Mann am Telefon hatte einen russischen Akzent.«

»Das könnte bedeuten, dass er einfach ein russischer Geldeintreiber ist, oder er ist einer von ihnen. Wer weiß, ob die sich die Hände selber schmutzig machen, oder jemanden anheuern. So oder so sind sie hinter dir her, weil sie glauben, du hast die Diamanten.«

»Was kann ich jetzt tun? Ich habe die Steine nicht, zuerst Simon und jetzt Kate. Und das werden nicht die letzten zwei sein, als Nächstes bist du oder ich dran!« Laura kullerten vor lauter Verzweiflung Tränen über die Wangen und sie krampfte ihre Finger um Marcs Hände.

Ihr Anblick zerriss ihm das Herz.

»Wir schaffen das nicht alleine, Laura. Wir brauchen Hilfe! Wenn dir die Polizei nicht glaubt, dann kontaktiere ich Tom. Er hat Erfahrung mit solchen Typen.«

»Aber ist er nicht im Trainingscamp?«

»Versuchen kann ich es, ich werde ihm eine Nachricht hinterlassen, dass es einen Notfall gibt.«

Marc zog Laura wieder in seine Arme und sie saßen lange Zeit schweigend im Bett. Dann hob sie den Kopf und versuchte zu lächeln. »Ich will dich nicht in Gefahr bringen«, flüsterte sie.

»Unsinn! Du bringst niemanden in Gefahr. Ich kann schon auf mich aufpassen!«

Sie schüttelte den Kopf und legte ihm die Hand vor den Mund. »Du weißt, dass alle um mich in Gefahr sind. Ich will nicht, dass dir etwas passiert.«

Er zog ihre Hand fort und küsste zärtlich ihre Finger. »Mir wird schon nichts passieren, Laura.« Er schwieg einen Moment lang, bevor er hinzufügte: »Wir schaffen das gemeinsam!«

Marc wachte eine Stunde nach der Morgendämmerung auf. Er streckte sich und gähnte. Er fühlte sich seltsam ausgeruht. Seit langem hatte er nicht so gut geschlafen. Er schlug die Augen auf. Laura lag neben ihm, friedlich schlafend. Sie hatte sich in die Decke gekuschelt. Die Erinnerungen an die vergangene Nacht stürmten machtvoll auf ihn ein. Einen Moment lang konnte er kaum atmen, kaum klar denken. Was sie getan hatten, was er empfunden hatte ...

Er liebte dieses zarte Geschöpf. Laura sah im Morgenlicht wie ein Engel aus. Er streckte die Hand aus und berührte sie. Ihre Haut schien zu leuchten, sie war so glatt und perfekt. Er wollte wieder ihre weichen Kurven spüren. Ihr Haar war zerzaust, aber bei ihr sah es sexy aus. Und ihr Gesicht ...

Sie war unglaublich schön. Ihre Wimpern waren lang und dunkel, ihr Mund leicht geöffnet, und ihre Lippen wirkten so verführerisch. Sie bewegte sich etwas. Sie lag auf dem Bauch und er betrachtete die Konturen ihres Pos, die sanfte Rundung ihrer Brust. Sie hatte die Arme unter das Kopfkissen geschoben. Marc verspürte einen unerwarteten Anflug von Sehnsucht. Er beugte sich zu ihr und verteilte leichte Küsse auf ihrer Schulter und ihrem Hals. Laura blinzelte und seufzte leise. Sie schmiegte sich in seine Umarmung und hielt ihn genauso fest wie er sie. Er fühlte ihre Hände auf seinem Rücken, auf seinem Kopf. Die Sehnsucht, die in ihm aufstieg, war überwältigend.

»Ich liebe dich«, flüsterte er und wich zurück, um sie anzusehen. Sie hatte noch immer die Augen geschlossen und atmete regelmäßig. Sie war im Halbschlaf und kuschelte sich an ihn. Er schloss die Augen, als sie ihm über den Kopf strich. Es fühlte sich so sündig an, wundervoll, gut. Er wollte diese Frau nie wieder loslassen.

Seit Laura heute Morgen mit Marc aufgewacht war, lag ein Lächeln auf seinen Lippen. Das Grün seiner Augen schien noch strahlender zu sein als sonst. Marc hatte sie mit sanften Küssen aufgeweckt und sie dann auf seinen Körper gezogen. Er war immer noch nackt gewesen und hatte sich so herrlich angefühlt, dass sie am liebsten in ihn hineingekrochen wäre. Da das nicht ging, hatte sie sich ganz eng an ihn geschmiegt und seine Wärme in sich aufgenommen, bis sie meinte, vor Liebe schmelzen zu müssen. Sie hätte noch stundenlang so mit ihm daliegen können, doch da er zur Arbeit musste, waren sie schließlich aufgestanden. Ein Lächeln breitete sich auf ihrem Gesicht aus.

Laura lenkte sich mit Hausarbeit ab, nachdem Marc ins Büro gefahren war. Alle Türen und Fenster waren verschlossen und die Alarmanlage war scharf geschalten. Er hatte ihr eindringlich eingebläut, dass sie niemanden öffnen sollte. Mit einem sanften Kuss verabschiedete er sich von ihr. Ein Kuss von dem Laura wusste, dass es der Letzte war.

Sie hatte beschlossen, ihn zu verlassen.

Nicht, weil sie ihn nicht liebte, sondern genau deshalb. Sie liebte ihn so sehr, dass sie ihn nicht in Gefahr bringen wollte. Er durfte nicht in ihre Angelegenheiten mit hineingezogen werden. Sein Leben sollte nicht auch noch zerstört werden. Jeder der ihr am Herzen lag, war ein potentielles Opfer, so lange sie die verfluchten Diamanten nicht finden konnte.

Irgendwie musste sie aufhören, an ihn zu denken. Es war sehr gut möglich, dass sie ihn nie wiedersehen würde. Also war es besser, wenn sie lernte, nicht mehr an ihn zu denken.

Sie wusste, dass sie das schaffen konnte. Und wenn sie erst einmal gelernt hatte, nicht mehr an ihn zu denken, dann würde sie sicher auch irgendwann lernen, ohne ihn zu leben. Es war ihr hier in Boston ein Neuanfang geglückt, dann würde sie es auch wieder woanders schaffen. Wenn sie etwas wirklich wollte und sich fest darauf konzentrierte, konnte sie alles. Vorerst unterband sie die Gedanken an Marc dadurch, dass sie sich der Suche nach den Diamanten widmete, die ihr Leben retten sollten. Sie schnappte sich einen Zettel aus seinem Arbeitszimmer und setzte sich zum Küchentisch. Sie wusste nicht so recht, wo sie anfangen sollte. Natürlich war das kein Grund, gleich in Tränen auszubrechen. Trotzdem war sie kurz davor, zu weinen.

Verdammt!

Sie ärgerte sich über sich selbst, dass sie sich in ihn verliebt hatte. Wie konnte sie nur so dumm sein?

In wenigen Zeilen begründete sie ihren Entschluss und als sie *In Liebe, Laura* schrieb, tropften ihre Tränen auf das Papier. Sie liebte ihn und war die glücklichste Frau an seiner Seite, aber es war zu gefährlich. Nicht jetzt, nicht hier, nicht in diesem Leben.

Sie deaktivierte die Alarmanlage und schlich sich aus dem Haus. Zu ihrer Wohnung traute sie sich nicht. Sie wollte zurück nach New York. Am liebsten wäre sie geflogen, aber das hinterließ Spuren, deshalb machte sie sich auf den Weg zu einer Mietwagenagentur. Es stand ihr wieder einmal eine lange Autofahrt bevor. Sie musste die Diamanten finden.

Das war ihre einzige Chance, dem Ganzen ein Ende zu setzen. Sie hatte nun vier Stunden Zeit zu überlegen, wo Simon die Steine versteckt haben könnte. Dann würde sie in New York an jedem Ort suchen, der ihr einfiel und wenn es das Letzte war, was sie machen würde.

Hätte sie bloß mit Kate Kontakt aufgenommen. Sie hätte ihr in die Augen sehen wollen, wenn sie sie mit der Affäre mit Simon konfrontiert hätte. Aber jetzt war es zu spät, wer weiß, lebte sie noch, denn die Frist war längst verstrichen, in der sie sie mit den Diamanten hätte retten können.

Marc traute seinen Augen nicht. Als er im Büro ein paar Unterlagen unterzeichnete und sich von seiner Sekretärin auf den neuesten Stand bringen ließ, meldete das Überwachungssystem die Deaktivierung der Alarmanlage. Als er die Bilder der Kameras durchklickte, sah er Laura das Haus verlassen.

Ihm blieb die Luft weg, was hatte sie vor? Sie ging offenbar freiwillig hinaus. Wo wollte sie hin?

Augenblicklich verließ er sein Büro und hetzte in die Tiefgarage zu seinem Wagen. Jetzt nachhause zu fahren brachte nichts, da sie sicher schon weg war. Da entschied er sich für ihre Wohnung und fuhr in einem Höllentempo dorthin. Wo sollte sie auch sonst hin?

Die Fahrt dauerte zwanzig Minuten und er malte sich die ärgsten Szenen aus, die ihn nun erwarteten. Sie hatte einen Vorsprung und wenn sie dort alleine auftauchte und auf die Mörder traf, dann war sie die Nächste. Laura brauchte von seinem Haus bis zu ihrer Wohnung zwanzig Minuten mit dem Bus. Sie müssten gleichzeitig eintreffen, dann hätte er eine Chance, sie davon abzuhalten, die Wohnung zu betreten und sie zur Vernunft zu bringen.

Als Marc vor Lauras Wohnhaus hielt, war von ihr keine Spur. Er hetzte zur Tür und läutete in seiner Verzweiflung an beiden Glocken. Niemand öffnete. Er hätte am liebsten die Türe eingetreten. Da hörte er ein Kratzen in der Türsprechanlage und Sarah meldete sich. Er schilderte ihr aufgeregt, dass er auf der Suche nach Laura war.

»Sie ist nicht hier. Ich habe die Schlösser austauschen lassen. Sie hätte sich bei mir melden müssen, wenn sie rein wollte. Warte, ich lass dich rein.«

»Nein, dann such ich sie weiter, danke.«

Marc wusste nicht, wo er sie nun suchen sollte, deshalb fuhr er nach Hause. Vielleicht war sie schon wieder zuhause und alles war gut. Vielleicht war sie nur etwas einkaufen, und er hatte überreagiert. Vielleicht aber auch nicht.

Laura brauchte für die Strecke nach New York vier Stunden. Sie fuhr non stop durch. Sie hatte die ganze Fahrt über Zeit nachzudenken, was sie jetzt machen sollte. Ihr fiel einfach kein Ort ein, an dem Simon die Diamanten versteckt haben könnte. Die Wohnung und das Boot schieden aus. Im Diamond Dealers Club könnte sie es noch versuchen. Vielleicht konnte ihr dort die Empfangsdame helfen, die kannte sie flüchtig. Die zierliche Frau am Empfang erkannte Laura gleich und reichte ihr die Hand.

»Es tut mir so schrecklich leid, was passiert ist. Ich habe davon in der Zeitung gelesen.«

»Danke, hat mein Mann hier noch persönliche Gegenstände oder einen Arbeitsplatz?«

»Nein, so etwas haben wir hier nicht, allerdings kam ein Brief für ihn an, den ich Ihnen nach Hause geschickt habe. Ich hoffe, das war in Ordnung.«

»Ja, danke.« Wenn sie wüsste, dass sie ihr dadurch den Hinweis auf das Boot und damit auf das Liebesnest ihres Mannes und ihrer besten Freundin gegeben hatte, hätte sie es wahrscheinlich nicht gemacht. Die schlanke Schönheit widmete sich wieder ihrer Arbeit und Laura war schon dabei die Eingangshalle zu verlassen. Da rief ihr die Empfangsdame nach: »Liebe Grüße übrigens an Ihren Freund, ein überaus charmanter Mann.«

Laura hielt inne und drehte sich verdutzt um. »Welcher Freund?«

»Na, Ihr Freund wollte auch schon Simons Sachen abholen. Aber dem habe ich das Gleiche wie Ihnen gesagt, dass hier nichts von ihm ist.«

Laura blieb fast das Herz stehen. Sie versuchte, ihren Schock zu überspielen. »Welcher war denn da? Der mit dem russischen Akzent?«

»Ja, genau der. Ein Bild von einem Mann. Falls er eine Frau sucht, können Sie ihm ruhig meine Nummer geben.« Verschmitzt grinste die Empfangsdame und eine leichte Röte breitete sich in ihrem Gesicht aus.

Sie waren also auch schon im Club gewesen. Wie dreist.

Laura musste in Ruhe nachdenken. Ihr musste etwas einfallen, das ihr einen Hinweis gab. Auf was eigentlich? Auf die Affäre? Auf die Diamanten? Auf Simons krumme Geschäfte?

Als sie Richtung Süden fuhr und das Empire State Building sah, kam ihr wieder das Boot in den Sinn. Sie wollte noch einmal dorthin.

Es war momentan der einzige Anhaltspunkt, den sie hatte. Vielleicht war es nur der Rückzugsort für ihre Affäre, aber es bestand auch die Möglichkeit, dass Marc und sie damals etwas auf dem Boot übersehen hatten. Sie wollte auf Nummer sichergehen, und außerdem brauchte sie einen Ort zum Schlafen. So konnte sie anonym in New York übernachten und auch in Ruhe nachdenken.

Als sie den Pier in der späten Nachmittagssonne betrat und die Sonnenstrahlen das Wasser zum Funkeln brachten, konnte sie sich ausmalen, wie romantisch die Stimmung zwischen Kate und Simon gewesen sein musste. Allein bei der Vorstellung krampfte sich ihr Magen zusammen. Sie hatten sie betrogen, beide. Irgendwie schmerzte es bei Kate mehr als bei Simon. Sie war ihre beste Freundin und sie hatten keine Geheimnisse voreinander, zumindest Laura nicht. Und jetzt war sie in den Fängen dieser Typen und Laura konnte sie nicht retten.

Laura ging zum Boot. Ein paar Plätze weiter hantierten einige Männer an ihrem Boot und alberten herum. Jeder von ihnen hatte eine Dose Bier in der Hand und einer winkte Laura zu, als sie den Steg betrat. Das Leben konnte so unbeschwert sein und sie musste um ihres fürchten.

Im Inneren des Bootes war alles so, wie sie und Marc es damals verlassen hatten.

Das Knurren ihres Magens erinnerte sie wieder daran, dass sie heute noch nichts gegessen hatte. Sie schnappte sich ihre Handtasche und ging zurück zur Straße, wo sie sich ein kleines Restaurant suchte. In der Nähe war ein Weinlokal mit Blick auf den Hudson River. Sie entschied sich dafür und setzte sich an einen Tisch am Fenster. Sie bestellte sich ein Sandwich und ein Glas Wein und blickte in die Abendsonne.

Die Kerle, die sie vorhin bei einem der Nachbarboote gesehen hatte, machten sich schon auf den Heimweg. Glückliche Männer, die nach Hause zu ihren heilen Familien gingen. Ein Abend, wie er schöner nicht sein könnte. Das Bild verschwamm vor Lauras Augen, denn Tränen kullerten ihr über die Wangen. Sie war allein.

Wie konnte ihr Leben bloß so aus den Fugen laufen? Sie hatte Marc verlassen, obwohl sie ihn liebte. Ja gerade weil sie ihn liebte. Jeder der bei ihr war, war in Gefahr.

Das Pärchen, das nun den Steg entlangschlenderte, machte die Situation nicht besser. Alle schienen im Glück zu baden, nur sie nicht.

Wie gern säße sie jetzt mit Marc hier. Der Kellner brachte ihr Essen und sie verschlang gierig ihr Sandwich, es schmeckte herrlich. Sie musste sich zwingen, wieder regelmäßiger zu essen. Ihr derzeitiger Lebenswandel war nicht gesund. Aber die Angst saß ihr Tag und Nacht im Nacken, wer konnte da schon an Essen denken.

Gerade als sie einen Schluck Wein nahm, erstarrte sie. Ihre sentimentalen Gedanken wurden augenblicklich von Panik verdrängt.

Das Pärchen auf dem Steg, das für jeden anderen harmlos wirken musste, ließ die Befürchtung wahr werden, weswegen Laura nachts nicht schlafen konnte.

Die zwei betraten wie selbstverständlich Simons Boot. Für jeden anderen wäre die Szene belanglos, alltäglich, nichts sagend, zwei Menschen betraten ihr Boot. Doch für Laura war klar, die zwei brachen gerade in Simons Boot ein und wenn sie wetten müsste, würde sie sagen, dass der Mann einen russischen Akzent hatte. Soweit sie es aus der Entfernung sehen konnte, hatte die Frau große Ähnlichkeit mit der Prostituierten, bei der Simon gestorben war.

Warum war ihr das nicht gleich aufgefallen?

Die zwei waren also schon wieder in New York.

Laura hielt den Atem an. Ihre Hand krampfte sich um das Weinglas und sie traute sich nicht, sich zu bewegen. Es war unmöglich, dass die zwei sie hier sehen konnten. Doch sie hatte trotzdem das Gefühl, sich verstecken zu müssen. Mit starrem Blick sah sie die zwei im Inneren des Bootes verschwinden. Laura wartete kurz, bezahlte dann aber rasch und verließ das Restaurant. Sie suchte sich zwischen den Gebäuden einen Standort, von dem sie den Steg und die Straße im Blick hatte. Sie musste wissen, ob die zwei danach das Boot bewachten oder ob sie wegfuhren.

Denn sonst müsste sie sich für heute Nacht eine andere Bleibe suchen.

Sie hatte so großes Glück, dass sie ihr Hunger vom Boot weggelockt hatte, sonst wäre sie jetzt verloren. Hatte Kate ihnen vom Boot erzählt? Was hatten sie ihr angetan? Lebte sie überhaupt noch?

Auf der Straße war keine weitere Person zu sehen, die zwei waren also allein. Aus dem Augenwinkel nahm Laura eine Bewegung am Boot wahr. Sie sahen sich noch an Deck um und verließen es dann. Laura drückte sich gegen den Häuserspalt, den sie als ihr Versteck auserkoren hatte, und sah den beiden nach. Sie gingen zu einem Auto, das in der Nähe von Lauras Mietwagen parkte. Dann fuhren sie weg.

Laura atmete hörbar aus. Ihre Nerven waren zum Zerreißen gespannt. Die ganze Situation war unerträglich, wie gern hätte sie jetzt Marc an ihrer Seite gehabt. Doch sie hatte sich gegen ihn entschieden.

Laura wartete noch ein paar Minuten und ging dann zurück zum Boot. Im Inneren waren die Schränke geöffnet und die Polster der Sitzbank lagen auf dem Boden. Sonst konnte Laura nichts Ungewöhnliches erkennen. Es befand sich ja auch kaum etwas an Bord.

Sie beseitigte das Chaos und setzte sich auf die kleine Bank an Deck. Die letzten Sonnenstrahlen wärmten ihr Gesicht und sie machte den Reißverschluss ihrer Lederjacke zu. Es würde bald kalt werden und ihr stand eine ungemütliche Nacht bevor. Wie sehr wünschte sie sich, jetzt bei Marc zuhause in seinem Bett zu sein, sich an ihn zu kuscheln und sicher und geborgen zu fühlen. Am liebsten hätte sie ihn sofort angerufen. Ihm gesagt, dass er vergessen sollte, was in dem Brief stand und dass sie zu ihm zurückwollte. Doch sie konnte nicht.

Aber ohne ihn konnte sie auch nicht mehr leben.

Mit diesem Gedanken schlief Laura Stunden später, eingehüllt ihn alle Decken, die sie an Bord fand, ein.

Am Morgen erwachte sie aus einem unruhigen Schlummer, in den sie erst vor kurzem gesunken war. Nach einem Alptraum hatte sie nicht gleich wieder einschlafen können und das ewige Schaukeln des Bootes half auch nicht gerade dabei, in den Schlaf zu finden.

Alles in allem eine ungemütliche Nacht. Es war noch viel kälter gewesen, als sie befürchtet hatte, und eine unangenehme Feuchtigkeit lag in der Luft.

Die Sonne schien draußen und sie hatte das Gefühl, dass es an Deck jetzt schon wärmer war als im Inneren des Bootes.

In dem kleinen Badezimmer spritzte sie sich eiskaltes Wasser ins Gesicht. Im Spiegel konnte sie trotz der schlechten Beleuchtung die dunklen Ringe unter ihren Augen erkennen und dass ihre Haut bleich wirkte. Achselzuckend wandte sie sich vom Waschbecken ab. Sie wollte schließlich keinen Schönheitswettbewerb gewinnen. Sie wollte nur diese verdammten Diamanten finden, sie übergeben und endlich wieder ein ruhiges Leben führen.

Eingehüllt in eine Decke ging sie an Deck. Dort setzte sie sich auf die kleine Bank und hing ihren Gedanken nach.

Tief atmete sie die reine, trockene Luft ein. Ein neuer Tag mit strahlend blauem Himmel brach gerade an. Ihre Stimmung besserte sich etwas, als sie wieder Hoffnung schöpfte, doch mit Marc eine Zukunft zu haben.

Das Wasser war still und jetzt am Morgen konnte sie sogar vom benachbarten Golfplatz die Abschläge hören. Laura blinzelte gegen die Sonne und genoss die wärmenden Strahlen.

Heute Nacht wollte sie sich einen anderen Unterschlupf suchen. Vielleicht ein Motel etwas außerhalb und mit ihrem alten Ausweis. Sie vermisste Marc. Mit ihm würde sie in ein nettes Hotel einchecken und vermutlich tagelang keinen Fuß vor die Tür setzen.

Das Klingeln des Handys riss sie aus ihren Gedanken. Eine unbekannte Nummer. Laura blickte sich sofort nervös um, ob auch niemand in der Nähe war. Das mussten sie sein. Was würden sie jetzt von ihr verlangen?

Würden sie ihr sagen, dass Kate ihretwegen tot war?

Wer war als Nächster dran?

Ihr Finger zitterte, als sie das Gespräch annahm. Sie hätte nicht sagen können ob vor Kälte oder Angst.

Die Stimme, die sie nun begrüßte, war ihr mehr als bekannt. Woher hatte er ihre Nummer?

»Hallo Tom!«

Sein Tonfall verhieß nichts Gutes und als er die nächsten Worte aussprach, brach für Laura eine Welt zusammen.

Kapitel 10

»Marc wurde entführt!«

Ihr größter Alptraum wurde wahr. Sie war schuld.

Die würden ihn umbringen, wenn es ihr nicht gelingen würde, die Diamanten zu finden.

Tom merkte, wie die Nachricht Laura zusetzte. Er sprach ruhig und besänftigend auf sie ein. Sie solle jetzt ja nicht die Nerven verlieren, es würde sich alles aufklären.

»Auf den Überwachungsvideos habe ich gesehen, wie ihn ein Mann und eine Frau überwältigten und ihn mitnahmen. Ich informiere jetzt die Polizei und dann sehen wir weiter.«

»Keine Polizei!«, schrie Laura aufgeregt.

»Aber Laura, Marc wurde entführt! Ich muss das melden.«

Da platzte alles aus Laura heraus und sie erzählte ihm unter Tränen ihre Geschichte.

Am anderen Ende der Leitung war es still.

Sie dachte schon, die Verbindung sei unterbrochen und aus Furcht vor Toms Reaktion wäre es ihr vermutlich auch lieber so gewesen.

»Du bleibst jetzt, wo du bist, und ich komme zu dir nach New York.«

»Woher weißt du, dass ich in New York bin?« Wenn es für Tom so einfach war, sie ausfindig zu machen, dann würden die Killer sie auch bald finden.

»Es tut mir leid, ich habe damals eine Ortungsapp auf deinem Handy installiert, weil ich ein ungutes Gefühl hatte. Bitte sei mir nicht böse.«

Sie hörte das Schuldgefühl in Toms Stimme und war ihm sogar dankbar, dass er sich so um sie sorgte.

»Bleib, wo du bist, ich bin in weniger als zwei Stunden bei dir, ich bin schon am Flughafen.«

»Hast du auch Marc so eine App installiert, dann wüssten wir jetzt, wo er ist.«

»Hab ich, aber sein Handy liegt zuhause. Ich weiß nicht, wo er ist. Wir müssen jetzt auf eine Nachricht von denen warten.«

»Tom, ich hab die Diamanten aber nicht!«

»Es wird uns schon etwas einfallen, es muss!« Mit diesen Worten beendete Tom das Gespräch. Die Besorgnis in Toms Stimme trug nicht gerade zu Lauras Beruhigung bei. Sie hatte ihre große Liebe gefunden und gleich wieder verloren. Marc war in Gefahr und alles war ihre Schuld.

Laura irrte rastlos im Boot umher, was angesichts der Enge nicht viel Spielraum ließ. Sie dachte ständig an Marc und auch Kate ging ihr nicht aus dem Kopf. Ob sie noch lebte? Sie hätte sie gern mit der Affäre konfrontiert und ihr dabei in die Augen geblickt, aber nun war es zu spät.

Sie hatte gestern so ein Glück gehabt, dass sie von denen nicht erwischt wurde. Bei Marc hatten die Entführer noch immer die Hoffnung, dass sie ihre Diamanten bekamen, wobei Laura nicht wusste, wie sie das anstellen sollte. Wenn nur Tom schon hier wäre.

Sie hielt es im Boot nicht mehr aus und musste raus. An Deck nahm sie wieder auf der kleinen Bank Platz und atmete tief durch. Genauso wie sie es in ihren Yogastunden gelernt hatte. Damals in der Gruppe fiel ihr das wesentlich leichter. Jetzt hatte sie das Gefühl ersticken zu müssen. Der Druck auf ihrer Brust war enorm und nahm ihr die Luft zum Atmen.

Sie blickte auf das wellige Wasser des Hudson Rivers, hinter ihr das geschäftige Treiben der Großstadt. Die Geräusche der Straße drangen nur gedämpft zu ihr.

Warum hatten sich Simon und Kate eigentlich kein Hotelzimmer genommen? Warum musste es ein Boot sein?

So viel sie wusste, hatte er nicht einmal den Bootsschein. Er kannte sich mit Booten genauso wenig aus wie sie. Überall waren Seile verknotet und sie konnte sich Simon gar nicht hier vorstellen.

Aber anscheinend kannte sie ihn nicht richtig. Sie wusste nichts von seinem Doppelleben und auch nichts von seinen Geschäften. Wieso war sie nur so dumm und naiv gewesen?

Laura kickte einen Kieselstein, der an Deck lag mit dem Fuß weg. Ein Weiterer lag vor der Bank. Sie nahm ihn und warf ihn wütend ins Wasser. Sie ärgerte sich über ihre Leichtgläubigkeit und über Simons und Kates Dreistigkeit.

Während der Stein langsam im trüben Wasser verschwand, sah sie auch sich selbst einfach so versinken. Sie würde untergehen in diesem aussichtslosen Durcheinander.

Plötzlich änderte der sinkende Stein die Richtung und verschwand dann ganz in der Dunkelheit. Laura blinzelte zweimal und überlegte, woran er gestoßen sein konnte.

Neugierig beugte sie sich über die Reling und blickte angestrengt ins Wasser. Es war an der Oberfläche nichts zu erkennen und der Blick reichte nur rund einen halben Meter tief, dann wurde das Wasser noch trüber und dunkler und alles war schwarz.

Laura ließ sich auf den Boden sinken, kniete sich hin und neigte sich vor, um besser ins Wasser sehen zu können. Da bemerkte sie das Seil an der Reling. An jedem der anderen Seile hing so eine Boje, damit die Boote nicht zusammenstießen. An einem stärkeren Tau war das Boot mit dem Steg verbunden. Aber dieses Seil führte einfach ins Wasser.

»Wahrscheinlich der Anker«, dachte sie und zog daran. Zu ihrer Verwunderung konnte sie das Seil ohne große Anstrengung heraus ziehen, es war also kein Anker.

Sie zog immer weiter und starrte angestrengt in das dunkle Wasser, was wohl zum Vorschein kam.

Sie musste dabei an solche Filme, denken, wo Leute Leichen aus dem Wasser fischten und bei deren Anblick sie kotzend über der Reling hingen. Bei dem Gedanken an diese schlechten Filme lächelte sie, doch ihre Neugierde und die Anspannung wuchsen. »Wahrscheinlich habe ich gleich einen alten Schuh an der Angel.«

Laura schüttelte den Kopf und zog weiter an dem Seil. Jetzt konnte sie einen Gegenstand erkennen. Eine Kiste oder ein Kanister. Sie blickte sich schnell um, ob sie auch niemand dabei beobachtete. Aber die Luft war rein, soweit sie das von hier aus sehen konnte.

Sie zog das letzte Stück Seil heraus und eine Plastikkiste kam zum Vorschein. Laura hielt das Seil gespannt und deshalb schwamm der Behälter nun auf dem Wasser. Fieberhaft versuchte sie, die Box an Bord zu ziehen. Doch so leicht es war, die Kiste an die Wasseroberfläche zu befördern, so schwierig war es jetzt, sie an Bord zu bekommen. Sie war zu schwer. So sehr sie sich auch abmühte, sie konnte die Kiste alleine nicht hochziehen. Sie ärgerte sich grün und blau und überlegte fieberhaft, wie sie herausbekommen konnte, was sich in der Kiste befand.

Vielleicht war es nur etwas, das zum Boot gehörte, ein Kanister mit Flüssigkeit oder eine Kiste mit einem Gewicht, oder doch der Anker. Sie hatte ja keine Ahnung von Booten. Oder aber es waren die Diamanten darin.

Wieder einmal fühlte sie sich hilflos und allein.

Es blieb ihr nichts anderes übrig, als auf Tom zu warten.

Marc konzentrierte sich darauf, ruhig zu atmen. Er bekam durch den schwarzen Stoffsack wenig Luft und er wollte auf keinen Fall bewusstlos werden. Er musste sich in einem Lieferwagen befinden. Er war hinten alleine im Laderaum und die Fahrt kam ihm schon ewig vor. Er war so froh, dass es ihn erwischt hatte und nicht Laura. Gar nicht auszudenken, welche Todesangst sie ausgestanden hätte, wenn sie an seiner Stelle wäre. So gesehen war es ein Glück, dass Laura sein Haus verlassen hatte. Denn als er von ihrer Wohnung zurückkam, ging alles ganz schnell. Sie mussten sich schon im Haus befunden haben. Mit einem Elektroschocker knockten sie ihn aus, er erinnerte sich noch an den glühend heißen Blitz, der durch seinen Körper jagte, dann wurde es dunkel.

Er kam erst wieder im Lieferwagen zu sich. Seine Hände waren mit einem Kabelbinder am Rücken gefesselt und seine Füße ebenfalls. Er kauerte in einer Ecke und konnte durch den Stoffsack leider nichts erkennen. Er wusste nur, dass sie sich auf dem Highway befinden mussten, denn anfangs wurde er durch die Kurven und Richtungswechsel herumgeschleudert, doch nun verlief die Fahrt schon länger ruhig. Wahrscheinlich brachten sie ihn nach New York, dort wurde auch Lauras Mann getötet und da vermuteten sie offensichtlich die Diamanten.

Wenn er nur wüsste, wo Laura war. Er nahm an, dass sie sie kontaktieren würden, um die Diamanten gegen ihn auszutauschen. Doch Laura hatte die Steine nicht und würde sich hoffentlich nicht dazu hinreißen lassen, ihn freizubekommen. Das Schlimmste, was passieren konnte, war, dass Laura wegen ihm etwas zustieß. Er hätte schon von Anfang an seinen Bruder einweihen sollen. Der hätte gewusst, was zu tun wäre. Jetzt konnte er nur hoffen, dass Laura keine Dummheiten machte und sich in Gefahr brachte.

Die Zeit bis Tom auftauchte, kam Laura endlos vor. Sie versuchte vom Boot aus, ständig den Pier im Auge zu haben, um zu sehen, ob sich irgendwer dem Boot näherte.

Als sie Tom erblickte, wurde sie auf schmerzliche Art an Marc erinnert. Tom war zwar muskulöser und breiter gebaut, aber man merkte ihnen die Verwandtschaft an. Im Nachhinein unverständlich, dass sie die beiden damals bei ihrer ersten Begegnung verwechselt hatte, denn eigentlich waren sie grundverschieden. Aber sie hatten den gleichen Gang und die Art sich zu bewegen.

Laura kullerten Tränen über die Wangen, als sie ihm gegenüberstand. Er nahm sie in den Arm und wiederholte immer wieder: »Alles wird gut.«

Sie wusste nicht genau, ob er nur sie damit beruhigen wollte oder ob er es sich selbst einredete. Die Lage schien auch für ihn aussichtslos, obwohl er sicher ganz andere Szenarien gewohnt war.

Laura erzählte ihm aufgeregt von dem Fund im Wasser und zeigte ihm die Stelle. Tom bezweifelte zwar stark, dass sich in der Kiste die Diamanten befinden würden, machte sich aber trotzdem daran, das Seil wieder heraufzuziehen.

Als er die Kiste sah, war er noch immer nicht überzeugt davon, dass sich darin etwas so Wertvolles befinden sollte, dass es sich dafür zu morden lohnte.

Er hievte die schwere Kiste fast mühelos an Bord. Gemeinsam machten sie sich daran, den Deckel zu öffnen. Tom hob die Abdeckung an und legte ihn zur Seite. Als Laura sah, was zum Vorschein kam, war sie am Boden zerstört. Sie hatte sich so große Hoffnungen gemacht, jetzt endlich die Diamanten gefunden zu haben und dann das. In der Kiste befanden sich Steine! Das machte doch keinen Sinn. Sie brach vor Enttäuschung in Tränen aus. »Wir bekommen Marc nie frei!« Panik breitete sich in ihrem Gesicht aus und sie begann zu zittern. So knapp vor dem Ziel und sie scheiterten. Tom holte alle Steine aus der Kiste und stieß dabei auf einen kleinen Trockensack, der sich darunter befand. Auf den ersten Blick war der nicht zu erkennen gewesen und Laura schöpfte neue Hoffnung.

Ungeduldig sah sie Tom dabei zu, was er nun herauszog. Darin befanden sich zwei Reisepässe und ein schwarzer Samtbeutel. Laura klappte die Pässe auf und erstarrte. Es befanden sich die Fotos von Kate und Simon darin, doch die Namen stimmten nicht. Laura verstand die Welt nicht mehr.

»Da wollte sich jemand ein neues Leben aufbauen«, murmelte Tom gedankenverloren, als er einen Blick in die Pässe warf. Er hatte einstweilen den Samtbeutel geöffnet und zu Lauras Erleichterung rieselten ihm nun unzählige glitzernde Diamanten in die Hand.

»Da sind sie!«, hauchte Laura erschöpft. Freudentränen bahnten sich ihren Weg und sie umarmte Tom.

»Jetzt müssen wir nur noch abwarten, bis sie uns kontaktieren.«

Marc erstarrte. Der Lieferwagen kam zum Stillstand und der Motor wurde abgestellt. Sie waren am Ziel. Er hörte wie die

Türen geöffnet und bald darauf wieder geschlossen wurden. Die Heckflügeltüren wurden aufgesperrt und geöffnet. Trotz seines schwarzen Stoffsacks konnte er den hellen Lichtschein erkennen. Sie zogen ihn aus dem Laderaum und schnitten die Fußfessel durch.

»Kein Laut, oder du bist tot!«

Marc wurde aus dem Lieferwagen gezerrt und befand sich seinem Empfinden nach in einer Tiefgarage. Sie konnten ihn ja schlecht am helllichten Tage durch die Straßen treiben. Sie dirigierten ihn zu einem Aufzug und fuhren hinauf. Dann wurde er durch einen Gang gelotst und in eine Wohnung geführt. Eine Tür wurde geöffnet und man stieß ihn in einem Zimmer zu Boden. Dort banden sie ihn mit weiteren Kabelbindern an ein schweres Holzregal und jemand zog ihm den Sack vom Kopf.

Auf den ersten Blick konnte er aufgrund des grellen Lichtes gar nichts erkennen, aber als sich seine Augen an die Helligkeit gewöhnt hatten, sah er nur noch, wie sich die Tür wieder schloss. Er schaute sich im Raum um und erblickte auf der anderen Seite des Zimmers eine Frau an ein Bett gefesselt. Sie wirkte völlig fertig und schien schon länger hier zu sein.

Da ordnete sich alles zu einem Gesamtbild in seinem Kopf und er fragte: »Kate?«

Erstaunt blickte ihn die Frau an und flüsterte unsicher: »Ja. Wer sind Sie?«

»Ich glaube, wir haben eine gemeinsame Freundin, Laura.«

Mark konnte den Ausdruck in ihren Augen nicht genau deuten. Einerseits schien sie sich zu freuen, von Laura zu hören, andererseits spiegelte sich in ihren Augen Unsicherheit und etwas, das er nicht eindeutig benennen konnte. Vielleicht wusste sie, dass ihr Leben von Laura abhing, diese allerdings schon von ihrer Affäre erfahren hatte. Aus dem Nebenraum war ein aufgeregtes Gespräch zu hören, das Mark nicht verstand, weil es zu leise und noch dazu auf Russisch war. Zumindest nahm er das an. »Wie lange bist du schon hier?«

»Das ist meine Wohnung. Sie sind vor zehn Tagen eingebrochen und seitdem warten wir auf Laura. Sie muss die Diamanten bringen!«

»Welche Diamanten?«

»Unsere Diamanten, also die von Simon, ihrem Mann«, verbesserte sich Kate und blickte betreten zu Boden.

In Anbetracht der Tatsache, dass sie beide wahrscheinlich den nächsten Tag nicht erleben würden, fand er es richtig, ihr die Wahrheit zu sagen.

»Laura wird nicht kommen. Sie weiß Bescheid, dass du und Simon ein Verhältnis hattet.«

Kate schnappte nach Luft und flüsterte dann empört: »Das war kein Verhältnis, das war Liebe. Simon hätte sie für mich verlassen, wenn nicht diese blöden Russen dazwischen gekommen wären.«

Dabei rannen ihre Tränen über die bereits maskaraverschmierten Wangen. Es dürften nicht die Ersten gewesen sein, die sie in den letzten Tagen vergossen hatte.

Laura wartete mit Tom auf dem Boot auf einen Anruf der Entführer. Gedankenverloren starrte sie auf die durchsichtigen Steine, die vor ihr auf dem Tisch lagen. Der feine Schliff ließ sie glitzern, wenn sie von den Lichtstrahlen getroffen wurden. Laura verstand nicht viel von Diamanten, aber angesichts der Menge und der Größe der Steine vermutete sie, dass sie mehrere Millionen Dollar wert waren.

»Wenn ich mein Team und unsere Ausrüstung hätte, könnten wir den Anruf zurückverfolgen und ihnen vor der Übergabe den Garaus machen.«

Tom ging mit Laura sämtliche Möglichkeiten durch, die sich bei dem Anruf ergeben könnten. Er instruierte sie, wie sie sich zu verhalten hatte. Für ihn war das anscheinend Routine, aber Laura fuhr sich ständig durch die Haare und konnte keinen klaren Gedanken fassen. Ihre ganze Sorge galt Marc, sie musste immerzu an ihn denken. Wie es ihm wohl ging?

»Sie werden ihm nichts antun, weil sie sonst nie zu ihren Diamanten kommen. Er ist für sie Mittel zum Zweck. Wir schaffen das schon.«

Laura nickte, unfähig, ein Wort zu sagen. Sie wollte ihm glauben, aber die Sorge, dass irgendetwas schiefgehen konnte, war zu groß. Hoffentlich scheiterte es jetzt nicht an der Übergabe. Der Anruf kam keine zwei Stunden später. Lauras Telefon klingelte. Ein dumpfes Gefühl breitete sich in ihr aus. Irgendwie hatte sie gehofft, dass es nie zu diesem Gespräch kommen würde. Konnte nicht alles nur ein schlechter Traum sein?

Sie hielt den Atem an. Tom legte seine Hand auf ihre Schulter: »Du schaffst das, ganz ruhig bleiben.«

Laura setzte sich gerade hin und nahm das Gespräch an. »Hallo.« Ihre Stimme zitterte.

»Heute Abend 22 Uhr. Bei Baustelle in Harlem. Bring die Diamanten, dann kommt Mann frei. Keine Polizei! Adresse schick ich.«

Gerade als Laura den Mund aufmachen und nach Marc fragen wollte, war das Gespräch schon beendet.

Fassungslos sah sie Tom an. »Aber ...«, stotterte sie und ließ den Kopf in ihre Hände fallen.

Da vibrierte auch schon ihr Handy und die Adresse erschien auf dem Display. Eine Baustelle in der 130. Straße in Harlem. Nicht gerade eine vornehme Gegend und in der Nacht sicher kein Ort, den man freiwillig aufsuchen würde. Laura hätte sich eher eine Übergabe an einem belebten Platz am helllichten Tag vorgestellt.

Aber sie war leider nicht in der Position Forderungen zu stellen. Während sie sich das Szenario vorstellte, war Tom schon damit beschäftigt online die Gegend auszukundschaften und sich einen Plan zurechtzulegen. Für Laura war die ganze Übergabe so unwirklich.

Normalerweise wurde man ja gezwungen, Geld zu bezahlen, um die entführte Person wieder frei zu bekommen. Doch Simon hatte die Diamanten gestohlen und sie war froh, sie dem rechtmäßigen Besitzer zurückzugeben. Hätte sie die Diamanten schon früher gefunden, hätte sie sie freiwillig hergegeben. Kein Geld der Welt oder irgendwelche verdammten Steine waren es wert, ein Menschenleben aufs Spiel zu setzen. Wie schrecklich, dass sie Marc deshalb in so große Gefahr gebracht hatte. Sie würde sich nie verzeihen, wenn dabei etwas schief ging.

Im Gegensatz zu Tom war sie ein einziges Nervenbündel. Er agierte besonnen und ruhig und schien alles unter Kontrolle zu haben: »Ich lasse dich jetzt für ein paar Stunden allein. Ich muss mir die Gegend dort ansehen. Du bleibst auf dem Boot und behalt den Pier immer im Auge. Du kennst die Zwei ja nun, nur für den Fall, dass sie wieder kommen.«

Laura graute vor der Vorstellung, die zwei wieder zu sehen und allein hilflos auf dem Boot zu sein.

»Und was soll ich dann machen?«

»Dann gehst du zu einem der anderen Boote, wo Leute sind, und rufst mich an.«

Laura war gar nicht aufgefallen, dass heute geschäftiges Treiben am Pier herrschte. Bei einigen Booten waren Leute und genossen den herrlichen Herbsttag. Für Mitte November nicht mehr selbstverständlich, aber heute strahlte die Sonne wieder warm vom hellblauen Himmel und das schien einige ans Wasser zu locken. Sogar ein Hund befand sich auf einem der Boote. Gott sei Dank war er angeleint. So ein Vieh war das Letzte, was sie jetzt gebrauchen konnte.

»Aber ich glaube nicht, dass sie wiederkommen, auch die müssen die Übergabe vorbereiten. Ich bin bald wieder da und nehme auch etwas zu essen mit. Für jetzt hab ich hier ein paar Müsliriegel und eine Flasche Wasser.«

Laura hatte schon wicdcr auf das Essen vergessen. Wie auf Kommando knurrte ihr Magen. Tom kramte aus seinem Rucksack ein paar Riegel und die Flasche heraus und stellte sie auf den Tisch. Er verabschiedete sich und Laura bleib allein auf dem Boot zurück.

Kapitel 11

Marc harrte jetzt erst den zweiten Tag in Gefangenschaft aus und er konnte es kaum mehr ertragen, untätig herumzusitzen, ohne zu wissen, wie es Laura ging. Aber Kate saß hier schon seit mehr als zehn Tagen. Dementsprechend fertig sah sie aus. Marc wunderte sich über ihre felsenfeste Überzeugung, dass Laura mit den Diamanten auftauchen und sie retten würde. Er hatte ihr bereits mehrfach erklärt, dass Laura keine Diamanten hatte und ihnen deshalb nicht helfen konnte. Aber ihre Freundin schien sich völlig in der Vorstellung verloren zu haben, dass das alles gut ausgehen würde. Aus dem Nebenraum waren wieder Stimmen zu hören, von einem Mann und einer Frau.

Kate zischte: »Diese blöde Russin kann einfach nicht verkraften, dass Simon sie für mich verlassen hat.« Ihr Gesicht verzog sich zu einer grinsenden Fratze. »Simon hatte genug von der Schlampe und das will sie jetzt nicht auf sich sitzen lassen. Sie kann die blöden Diamanten ruhig haben, aber Simon bekommt sie nicht!«

Marc wusste nicht genau, ob er Kate daran erinnern sollte, dass Simon tot war und ihn keine mehr bekommen konnte, aber er schwieg. Sie versank gerade in ihrer eigenen Welt und er musste noch immer verdauen, dass Lauras Mann sie nicht nur mit Kate betrogen hatte. Welche Schmach würde das für Laura bedeuten. Am liebsten wäre es ihm, wenn sie es nie erfahren würde.

Laura und er gerieten zwischen die Fronten zweier Frauen, die sich um Simon und sein Vermögen stritten. Laura hatte die ganze Zeit angenommen, dass Simon die Diamanten jemanden gestohlen hatte, aber anscheinend waren das seine eigenen.

Wo waren sie da nur hineingeraten?

Er hoffte so sehr, dass Laura und er dieses ganze Chaos unbeschadet überstehen würden. Er wollte und konnte sie jetzt nicht verlieren!

Tom kam am späten Nachmittag wieder und hatte duftendes Essen vom Chinesen mit. Der gebratene Reis verströmte einen betörenden Geruch im ganzen Boot und Lauras Magen knurrte laut. Tom lächelte: »Na, da hat aber jemand Hunger.«

Er erklärte Laura beim Essen, was er herausgefunden hatte, und beschrieb ihr die Besonderheiten der Umgebung am Ort der Übergabe.

Es handelte sich um ein großes Gelände neben einer Baustelle, das nur als Lagerplatz genutzt wurde und auf dem sich die Baucontainer und die Gerätschaften der Arbeiter befanden. Überall lagerten Baumaterialien, Holzplatten und Gerüststangen. Ein einziges Durcheinander und nicht ganz ungefährlich. Für Tom ideale Bedingungen, um sich zu verstecken, für Laura allerdings problematisch, da dort viele Gefahren aus dem Hinterhalt lauern konnten. Dem wollte Tom aber vorbeugen, indem er sich nach dem Essen gleich wieder auf den Weg dorthin machen wollte, um für Lauras Sicherheit zu sorgen. Er hoffte, dass es wirklich nur zwei Personen waren, die an der Übergabe beteiligt waren. Je mehr Leute, umso unübersichtlicher und gefährlicher würde die Situation werden.

»Du fährst um 21.30 Uhr weg. Fahrtzeit beträgt zwanzig Minuten. Du nimmst die erste Einfahrt auf das Gelände und parkst direkt vor den Baucontainern. Dann steigst du aus und wartest.«

Laura begann jetzt schon am ganzen Körper zu zittern. Wie sollte sie das schaffen?

»Laura, du kannst das. Denk an Marc! Ich behalte dich die ganze Zeit im Auge und bin da, wenn etwas schief läuft.«

Laura zwang sich, tief durchzuatmen.

Sie wollte das schaffen.

Für Marc. Für Marc und sie.

Sie liebte ihn und durfte ihn jetzt nicht verlieren.

»Ich schaff das schon. Ich fahre dorthin und mache alles, was sie von mir verlangen. Ehrlich gesagt, bin ich froh, wenn diese verdammten Diamanten weg sind. Dann kann ich das Kapitel Simon endgültig abschließen.«

Tom verdrückte seine Peking Ente und eine Riesenportion Teigtaschen und machte sich dann auf den Weg. Laura blieb allein mit ihren Gedanken und Sorgen zurück.

Marc hörte eine laute Auseinandersetzung im Nebenraum. Er konnte allerdings nicht verstehen, worum es bei dem Streit in russischer Sprache ging. Plötzlich wurde es ganz still und die Tür wurde geöffnet. Eine Frau betrat mit gezogener Waffe den Raum und stellte sich vor Kate. Kate blickte mit weit aufgerissenen Augen auf die Pistole, die auf ihren Kopf gerichtet wurde.

»Du kannst diesem Arschloch ausrichten, dass ich mir jetzt ein schönes Leben mit seinen Diamanten mache!« Der Gesichtsausdruck der Frau, die die Pistole mit einem Schalldämpfer in beiden Händen hielt, war selbstgefällig und hart und sie grinste Kate dabei hämisch an.

Im nächsten Augenblick ertönte ein dumpfes Klicken und Kate sank regungslos in sich zusammen.

Marc stockte der Atem. Sie hatte Kate getötet.

Sie hatten keine Verwendung mehr für sie.

Er blickte verstohlen in die Richtung der Frau, die die Kugel abgefeuert hatte. Er erwartete, der Nächste zu sein.

Zumindest starb er mit der Gewissheit, dass Laura in Sicherheit war. Sie hatte sich Gott sei Dank auf nichts mit den Entführern eingelassen.

Er hatte die Liebe seines Lebens gefunden und nun war es auch schon wieder vorbei. Er musste zurückdenken an die Zeit mit Laura und wie sie sich in seinen Armen angefühlt hatte.

Da wurde er zu seiner Verwunderung grob am Arm gepackt und losgeschnitten. Er hatte gar nicht bemerkt, dass der Mann den Raum betreten hatte.

»Jetzt wir schauen, ob deine Frau für dich zahlt«, sagte der Russe grimmig und die Frau zog ihm wieder einen Stoffsack über den Kopf.

Lauras Nerven waren zum Zerreißen gespannt. Sie konnte keinen klaren Gedanken fassen, weil sie verrückt vor Angst war. Ihr Herz raste wie wahnsinnig, sie spannte die Muskeln an und versuchte, ihren zitternden Körper unter Kontrolle zu bekommen.

Es funktionierte nicht.

Sie konnte sich gar nicht auf den Verkehr konzentrieren, da ihr tausend Gedanken durch den Kopf gingen. Ihre einzige Sorge war, Marc unbeschadet wieder in ihre Arme schließen zu können und diese verfluchten Diamanten loszuwerden.

Die Fahrt entlang des Hudson Rivers kam ihr unendlich lang vor und als sie die 12. Straße verließ, übersah sie beinahe eine rote Ampel. Sie musste sich zusammenreißen, sonst würde sie alles vermasseln.

Nachdem sie die Unterführung passierte, sah sie schon die Baustelle und den danebenliegenden Lagerplatz. Das Areal war mit Baustellengitter und Plakaten eingezäunt und somit von außen nicht einsehbar.

Als sie die erste Einfahrt zum Lager hineinfuhr, wurde es schlagartig dunkel, da die Straßenbeleuchtung nicht so weit reichte. Sie parkte ihren Mietwagen und ließ die Scheinwerfer an, um wenigstens etwas Licht zu haben und damit Tom, wo immer er war, sie sehen konnte. Dann stieg sie aus, den Samtbeutel mit den Diamanten fest in einer Hand. Ihre Augen gewöhnten sich langsam an die Dunkelheit und sie erkannte immer mehr Umrisse.

Es war eigenartig ruhig auf dem Platz, obwohl man die Autos entfernt von der Straße hören konnte.

Das Dunkel der Nacht war gespenstisch.

Laura stellte sich seitlich vor ihr Auto, damit sie im Licht der Scheinwerfer gut zu sehen war. Am liebsten hätte sie laut nach Marc gerufen, um herauszufinden, ob er hier war, ob er am Leben war, um einfach seine Stimme zu hören. Aber sie hielt sich an Toms Anweisungen und wartete.

Nichts rührte sich.

Die Stille war regelrecht unheimlich. Da hörte sie ein Geräusch. Laura standen die Nackenhaare zu Berge. Zwischen den gestapelten Holzplatten bewegte sich irgendetwas. Ganz langsam kam etwas Dunkles hervor. Ein großer, schwarzer Hund.

»Nein, nicht auch das noch«, flüsterte Laura und zitterte noch mehr, obwohl das fast nicht möglich war. Wo war der hergekommen? Er sah nicht wie die üblichen Streunerhunde aus, kein bisschen verwahrlost, sogar ein Halsband hatte er. Schweißperlen bildeten sich auf ihrer Stirn und es fiel ihr schwer, zu atmen. »Hau ab!«, zischte sie in die Richtung des immer näherkommenden Monsters. Er war riesengroß, seine schwarzen Augen glänzten und er lenkte sie ab.

Warum hatte immer sie Probleme mit Hunden?

Ihre Muskeln, vor allem in den Beinen, fühlten sich so wabbelig an wie Pudding, und ihr Herz hämmerte laut in den Ohren. Zu ihrer Überraschung blieb der schwarze Riese zwei Meter von ihr entfernt stehen und legte sich hin. Sie traute sich gar nicht, ihn anzusehen. Aber aus den Augenwinkeln sah sie, dass er zu schlafen schien. Ihre Haut prickelte unangenehm und die Galle stieg ihr in der Kehle hoch. Sie versuchte, sich nicht mehr von ihm ablenken zu lassen, und starrte angestrengt in die Dunkelheit.

Es kam ihr wie eine Ewigkeit vor, bis weiter vorne zwischen zwei Baucontainern die Innenbeleuchtung eines Lieferwagens aufleuchtete, da jemand die Wagentür geöffnet hatte. Sie konnte auf die Entfernung und wegen des mangelnden Lichtes nicht genau erkennen, wer aus dem Transporter stieg. Aufgrund der großen Statur und der breiten Schultern tippte sie auf einen Mann, als er näher kam.

»Bring mir Diamanten!«, vernahm sie die tiefe Stimme mit dem russischen Akzent. Laura zuckte zusammen. Er kam näher und war jetzt im Scheinwerferlicht besser zu sehen. Der Russe war ein großer, gut aussehender Mann mit vollem, dunklem Haar. Er sah nicht so aus, als wäre er für einen Mord oder eine Entführung verantwortlich. Aber Laura wusste nur zu gut, dass der Schein trügen konnte.

»Ich will zuerst Marc sehen!«, erwiderte sie nun mit fester Stimme. Sie war wütend und auf einmal voller Energie.

Sie war bereit, um Marc zu kämpfen.

Sie war bereit, alles zu geben.

»Zuerst Diamanten und Hände hoch!«, brüllte der Russe. Der Hund neben ihr knurrte. Laura hielt die Arme hoch, um zu zeigen, dass sie unbewaffnet war, und klammerte sich dabei an den schwarzen Samtbeutel in ihrer Hand.

»Ich habe keine Waffe und bin alleine gekommen, wie Sie verlangt haben. Wo ist Marc?«

»Er ist im Wagen, zuerst Diamanten!« Der Mann ließ nicht mit sich handeln. Da ging die zweite Wagentür auf und Laura hörte, wie eine Frau auf Russisch etwas zu dem Mann sagte. Ihrem Bruder, wie sich herausstellte. Was die zwei nicht wussten, Laura war Dolmetscherin für Russisch und verstand jedes Wort.

Die Frau drängte ihren Bruder, sich zu beeilen und endlich mit den Diamanten zu kommen. Diamanten, die ihr zuständen, weil Simon sie verlassen hatte. Simon hatte sie also nicht nur mit ihrer besten Freundin betrogen, sondern auch mit dieser Frau.

Als Laura hörte, wie sie sagte, dass sich Simon nun mit seiner neuen Flamme im Jenseits vergnügen konnte, wusste sie, dass Kate tot war.

Es versetzte ihr einen Stich, aber gleichzeitig dämmerte ihr, dass es sich bei den Diamanten doch nicht um Diebesgut handelte. Simon hatte sie also niemanden gestohlen, sondern die fallengelassene Geliebte, wollte an schnelles Vermögen kommen.

Laura schäumte vor Wut und sie konnte nicht mehr an sich halten: »Ich will Marc sehen, sonst bekommt ihr gar nichts!«

Da kam die Frau näher und Laura sah in ihrer rechten Hand eine Pistole mit einem Schalldämpfer. Die schwarzen, langen Haare glänzten im Scheinwerferlicht und sie senkte ihre Stimme, als sie sich nach vorne beugte.

»Willst du mich verärgern?«

Sie richtete die Pistole auf Laura und bewegte den Finger langsam zum Abzug.

»Nein!«

Die Russin nickte und hielt inne.

Laura stand wie gelähmt da und beobachtete, wie die Frau den Beutel in ihrer Hand mit ihren eiskalten Augen fixierte und sich ein Strahlen auf ihrem Gesicht ausbreitete.

Sie war in Wirklichkeit hübscher als auf den Zeitungsfotos. Ihre Augen blitzten kalt im Scheinwerferlicht und Laura hätte sie am liebsten gefragt, wie lange sie mit Simon eine Affäre hatte.

Aber sie verkniff sich die Frage und sagte: »Also gut, ich habe etwas, das Sie wollen – die Diamanten. Und da Sie etwas haben, das ich will, können wir einfach ...«

»Und ob ich etwas habe, das du willst!«, unterbrach sie die Russin laut. Ihr Gesicht verzog sich zu einer hässlichen Fratze.

»Wenn du nicht sofort die Diamanten herausrückst, siehst du deinen Freund nie wieder!«

Eine Bewegung, die sie zwischen zwei Containern wahrnahm, riss sie aus ihrer Starre. Auch den zwei Russen entging die Störung nicht. Sie blickten ebenso angestrengt auf die Schatten zwischen den Containern.

Tom!

Hoffentlich entdeckten sie ihn nicht.

Aber warum kam er jetzt mit gezogener Waffe aus seiner Deckung. Warum hatte er überhaupt eine Pistole?

»Keine Bewegung! Her mit den Diamanten, oder ich schieße!«

Das war nicht Toms Stimme und als der Mann aus dem Schatten heraustrat, verstand Laura die Welt nicht mehr. Diese eiskalten Augen und raspelkurzen Haare kannte sie. Es war der Polizist aus New York!

Hatte die Polizei den Fall doch weiterverfolgt?

Endlich nahm alles ein gutes Ende. Laura entspannte sich. Wo waren die anderen Polizisten?

Doch ihre Vorfreude wurde sogleich gedämpft, als der Cop wieder rief: »Her mit den Diamanten!«

Mit einem schmierigen Grinsen bemerkte er in ihre Richtung: »Hat sich doch gelohnt, dich zu observieren, Kleines. Aber keine Angst, ich bin gleich weg.«

Er ging ein paar Schritte auf Laura zu, die den Samtbeutel noch immer in der Hand hielt.

Der Hund knurrte wieder.

Gerade als ihr der Cop den schwarzen Beutel entreißen wollte, sprang der Russe auf ihn zu und rang ihn nieder.

Der Polizist reagierte blitzschnell, richtete seine Waffe auf ihn und drückte ab. Ein ohrenbetäubender Knall war zu hören und der Russe ging zu Boden.

Der Hund winselte und lief hinter Laura. Ein Blick der Frau auf ihren Bruder reichte und sie feuerte ebenso einen Schuss ab, der allerdings nur als lautes Klicken zu hören war.

Der Polizist ging zu Boden.

Plötzlich wurde es taghell auf dem Platz und Laura musste ihre Augen vor dem gleißend hellen Licht mit einer Hand abschirmen. Gleichzeitig ertönte laut Toms Stimme: »Waffe weg! Ich hab sie im Visier!«

Als sich Laura an die Helligkeit gewöhnt hatte, sah sie Tom mit einem Scharfschützengewehr auf einem Container links von ihr. Das grelle Licht kam von einem Scheinwerfer, der neben ihm stand. Tom sah in seiner Kampfmontur aus wie ein Superheld auf einer Bühne.

Die ganze Szene war mehr als beeindruckend und hätte Laura nicht solche Angst gehabt, hätte sie ihm zu dem fulminanten Auftritt gratuliert. Tom wiederholte mit tiefer Stimme: »Waffe weg!«

Langsam legte die Mörderin ihre Pistole auf den staubigen Boden und fixierte Tom dabei.

»Und jetzt will ich Marc sehen!«, forderte Tom sie auf.

Da ging die Frau zögerlich zum Transporter und öffnete die Heckflügeltüren. Sie zerrte einen Mann mit einem dunklen Sack über dem Kopf heraus. Grob schupste sie ihn zur Seite, so dass er auf den Boden fiel. Mit den auf den Rücken gefesselten Händen konnte er nicht mehr aufstehen und blieb liegen. Laura lief ein paar Schritte auf sie zu, um besser sehen zu können. Sie erkannte Marc anhand seiner Kleidung. Teils vor Erleichterung, teils vor Verzweiflung rief sie: »Marc!«

Durch den Stoffsack gedämpft hörte sie ein schwaches »Laura!«.

Sie wollte schon auf ihn zulaufen, da stoppte sie Tom und rief: »Laura, geh aus der Schusslinie!«

An die Frau gewandt schrie er: »Hände hoch und wenn Sie weiterleben wollen, tun Sie jetzt Folgendes.« Er sprang mit einer geschmeidigen Bewegung einer Katze gleich vom Container und hatte dabei die ganze Zeit das Gewehr auf die Russin gerichtet.

Laura bewunderte ihn für seine Souveränität und Gelassenheit. Sie konnte schon keinen klaren Gedanken mehr fassen, da vor ihr zwei Leichen lagen. Für Tom schien das, Alltag zu sein, denn er sprach jetzt in aller Seelenruhe zu ihr: »Laura, du wählst jetzt die Nummer der Polizei und bittest darum, dass dieses Gespräch aufgezeichnet wird, da jemand ein Geständnis ablegen will.«

Laura griff mehr aus Reflex in ihre Hosentasche, weil sie gar nicht wusste, ob sie das Handy bei sich trug. Doch sie hatte Glück, zog es heraus und wählte mit zittrigen Fingern die Nummer. »Hier spricht Laura Hunter. Die Mörderin meines Mannes will ein Geständnis ablegen. Bitte zeichnen Sie dieses Gespräch auf.«

Laura hielt der Russin das Telefon hin. Tom sagte mit lauter Stimme: »Erzählen Sie alles. Beginnen sie mit Simon und den Diamanten, die Sie erpresst haben. Berichten Sie ihnen von den Entführungen und dass Sie Kate und diesen Mann hier umgebracht haben. Sagen Sie ihnen alles, oder ich sorge dafür, dass Sie direkt in die Hölle wandern.«

Die Russin begann zu sprechen, doch ihre Stimme war so leise, dass Tom näher an sie herantreten musste, um sie zu verstehen. Sie gestand alles und Laura erfuhr mehr Details, als ihr lieb waren. Sie hieß Tatjana Petrow und war schon zwei Jahre mit Simon liiert gewesen, bevor er sie für Kate verlassen hatte. Sie meinte, als Entschädigung stünden ihr die Diamanten zu. Sie hatte zuerst Simon selbst erpresst, ihn danach umgebracht und es als Unfall aussehen lassen. Dann bekannte sie sich zu den Einbrüchen sowohl in New York als auch in Boston und der Entführung und dem Tod von Kate, die sie als Schlampe bezeichnete. Die Entführung von Marc und die ständige Mithilfe ihres Bruders gestand sie ebenso wie den Mord an dem Mann, der ihren Bruder gerade erschossen hatte.

Sie redete und redete und gab dabei alle Einzelheiten preis. Nach einer gefühlten Ewigkeit gab sie Laura das Telefon zurück. Dabei ließ sie es aber fallen und als Laura das Handy aufhob, war die Verbindung schon unterbrochen. Tom hielt die ganze Zeit sein Gewehr auf die Russin gerichtet. Laura konnte jetzt nichts mehr halten und sie lief zu Marc, der noch immer am Boden lag. Sie kniete sich zu ihm und nahm ihm vorsichtig den Stoffsack vom Kopf. Er starrte sie mit weit aufgerissenen Augen an und flüsterte: »Laura, du lebst!«

»Wie geht´s Marc?«, rief Tom in ihre Richtung und warf ihr ein Messer zu, mit dem sie Marcs Fesseln lösen konnte. Als seine Hände frei waren, nahm er Laura in den Arm und drückte sie fest an seine Brust. »Ich liebe dich!«, murmelte er in ihr Haar. »Jag mir nie wieder so einen Schrecken ein. Ich habe einen Schuss gehört und dachte schon ...«

Laura löste sich aus seiner Umarmung, nahm sein Gesicht in ihre Hände und sagte: »Es tut mir alles so leid. Ich wollte das nicht. Ich liebe dich!« Dann küsste sie ihn und wollte ihn nie wieder loslassen.

Tom checkte bei den am Boden liegenden Männern den Puls und rief in Lauras Richtung: »Beide tot.«

Dann näherte er sich Laura und Marc noch immer mit dem Gewehr im Anschlag und die Russin beobachtend. »Wie gehts dir, Mann?« Er drückte sanft Marcs Schulter und sah ebenso erleichtert aus wie sie. Laura half Marc auf und umarmte ihn wieder fest.

»He ihr zwei, wir haben hier noch etwas zu erledigen. Bringen wir die Lady zur Polizei.«

Doch die Russin trat einen Schritt zurück. »Ihr habt trotzdem nicht gewonnen«, wandte sie sich an die drei. »Ich habe die Verbindung zur Polizei unterbrochen, bevor ich begonnen habe zu reden. Ihr habt keinen einzigen Beweis gegen mich. Ich werde alles abstreiten.«

Sie sah Tom herausfordernd an. »Damit habt ihr nicht gerechnet, was?«

Lauras Welt geriet wieder aus den Fugen. Jetzt hatte sie sich gerade so gefreut, Marc unversehrt in Händen zu halten, und dachte, die Mörderin sei überführt und dann das. Was sollten sie jetzt bloß tun?

Die Polizei würde ihr wieder nicht glauben und da lagen auch noch zwei tote Männer.

Doch Tom fasste in eine der Taschen seiner Weste und fischte ein kleines Diktiergerät heraus. »Tut mir leid, Sie zu enttäuschen, aber ich habe jedes Wort von Ihnen auf Band. Dieses Spiel ist vorbei und sie haben verloren.«

Laura fiel ein Stein vom Herzen und sie drückte Marc wieder fest an sich. Der hatte wie sie die Szene mit angehaltenem Atem beobachtet und stieß jetzt einen lauten Seufzer aus.

Das Spiel war vorbei. Und Laura hatte gewonnen. Das wusste sie, als Marc sie anlächelte und ihr einen Kuss gab.

Doch dann plötzlich schnappte sich die Russin wie in Zeitlupe die Pistole, die vor ihr lag.

Immer noch in Zeitlupe sah Laura, wie der Lichtstrahl auf dem Lauf der Waffe reflektierte, als die Frau auf Tom zielte. Sie hörte sich selbst aufschreien. Die Russin drückte in der nächsten Sekunde ab.

Die Wucht der Kugel traf Tom mitten in die Brust, sodass er zurückgeschleudert wurde. Sein Kopf flog in den Nacken. Er sah aus wie eine Puppe, die durch die Luft geschleudert wurde. Er landete mit einem leisen Geräusch auf der Erde und blieb regungslos liegen.

Tom war tot.

Kapitel 12

Marc traute seinen Augen nicht. Tom lag am Boden. Er lief zu ihm und packte ihn an den Schultern.

Tom rang um Atem. Er schnappte nach Luft.

Marc sah aber kein Blut. Er nahm Toms Hand und hielt sie fest. »Bitte stirb jetzt nicht«, raunte er ihm zu. »Bitte Bruderherz, du darfst nicht sterben ...«

Tom riss die Augen auf und nahm einen tiefen Atemzug. »Ich werd schon wieder.«

»Was soll das heißen? Du hast eine Kugel in der Brust stecken.«

»Kugelsichere Weste.« Toms Stimme war ganz leise und schwach. Er setzte sich mühsam auf und blickte sich um. »Kümmere dich um Laura!«

Marc war so geschockt, dass er einen Moment brauchte, um sich zu orientieren. »Wo waren Laura und die Frau?«

Laura konnte nicht glauben, dass Tom gestorben war, nur weil er ihr geholfen hatte. Sie hatte Marc seinen Bruder genommen. Das würde er ihr nie verzeihen. Da stürzte sich die Mörderin auch schon auf sie und entriss ihr die Diamanten. Laura hatte die ganze Zeit den Beutel fest in ihrer Hand und mit diesem Angriff nicht gerechnet.

Doch bevor sich die Russin mit den Steinen aus dem Staub machen konnte, stürzte sich von hinten der Hund auf die flüchtende Frau.

Mit einem schrillen Schrei fiel sie hin und ließ den Beutel fallen. Der Hund ließ nicht ab von ihr und fixierte sie am Boden. Er knurrte und zerrte an ihrer Jacke.

Laura sah sich hektisch nach etwas um, damit sie die Verbrecherin unter Kontrolle bekam. Sie schnappte sich die Pistole des getöteten Polizisten und drehte sich wieder in Richtung der am Boden liegenden Russin.

Sie hatte absolut keine Ahnung, was sie jetzt tun würde. Sie hatte in ihrem ganzen Leben noch nie eine Waffe abgefeuert, schon gar nicht auf ein lebendiges, menschliches Wesen.

Gott sei Dank kam es nicht so weit, da plötzlich Tom neben ihr stand, sein Gewehr wieder im Anschlag.

Tom? War er nicht tot?

»Tom, aber ...«, stotterte sie.

»Kugelsichere Weste, Schätzchen. Gibt höchstens eine Rippenprellung. Die Polizei ist auf dem Weg. Es ist vorbei.«

Laura stieß einen lauten Seufzer aus und Marc nahm ihr von hinten die Waffe aus der Hand. Er legte einen Arm um ihre Schulter und küsste sie auf die Schläfe. An ihrer anderen Seite schmiegte sich etwas an ihr Bein. Instinktiv griff sie nach unten und kraulte durch das weiche Fell. Als ihr Blick ihrer Hand folgte, zuckte sie kurz zurück, doch die zwei treuherzigen, schwarzen Hundeaugen ließen sie ihr Streicheln fortsetzen. Er schmiegte seinen Kopf an ihre Hand und wedelte mit dem Schwanz. An seinem Halsband hing eine Hundemarke, er schien jemanden zu gehören. Sie war froh, dass er ein Zuhause hatte. »Danke«, murmelte sie in seine Richtung und er trottete davon.

Bis endlich die Polizei kam und sie die Befragung auf dem Revier hinter sich gebracht hatten, vergingen noch einige Stunden. Marc wusste nicht genau, wie er Laura sagen sollte, dass Kate tot war. »Wegen Kate ...«, begann er zögernd.

»Ich weiß alles. Wir haben vielleicht nie darüber gesprochen, aber ich bin Dolmetscherin für Russisch und ich habe jedes Wort verstanden.«

Auf dem Heimflug nach Boston schlief Laura erschöpft an Marcs Seite ein.

Zu Mittag saßen sie zu dritt am Esstisch und genossen die berühmten Spagetti Napoli, die Marc gezaubert hatte.

»Oma wäre stolz auf dich, wenn sie das schmecken könnte«, sagte Tom mit vollem Mund und nahm sich noch einen Nachschlag.

»Manieren Tom, wir haben eine Lady am Tisch!« Marc versetzte ihm unter dem Tisch einen leichten Tritt gegen den Fuß und beide lachten.

»Du hast dich wirklich wieder selbst übertroffen«, sagte Laura in Marcs Richtung und nahm einen Schluck Wasser.

Marc lächelte zufrieden und griff nach Lauras Hand. »Leider hatte ich heute keine Zeit für Tiramisu.«

Laura zwinkerte ihm zu. »Nächstes Mal wieder.«

»Was hast du eigentlich mit den Diamanten vor?«, wollte Tom wissen.

»Ich weiß es noch nicht genau, ich muss erst Einblick in die ganzen Finanzen bekommen, dann entscheide ich. Aber ich bin mir sicher, dass es genug für mich ist und ich einen Teil davon spenden kann. Ich denke da an die Bowery Mission in New York und hier in Boston wird es auch Organisationen geben, die sich über Spenden freuen.«

Um ihr heimlich verstecktes Geld bei Sarah musste sie sich auch noch kümmern. »Sarah, hab ich ganz vergessen, die muss ich dann unbedingt anrufen.«

»In welchen Farbeimer sie heute wohl gefallen ist?«, scherzte Marc und sah dabei in Lauras Richtung.

»Wer ist Sarah?«, wollte Tom wissen.

»Meine Freundin, mit der ich gemeinsam in einem Haus wohne. Eine Künstlerin, die muss ich dir unbedingt einmal vorstellen.«

»Pass aber auf, dass du dann nicht farbenblind wirst, denn sonst kannst du deine Karriere als Seal vergessen.« Marc boxte Tom leicht in den Oberarm. Der zeigte sich davon unbeeindruckt, nahm sich noch einen Nachschlag von den Nudeln und fragte: »Warum farbenblind?«

»Vorsichtig ausgedrückt ist Sarah immer sehr bunt gekleidet. Aber sie wird dir sicher gefallen.«

Marc und Laura schmunzelten.

Marc musste am Nachmittag kurz ins Büro, Tom fuhr zurück zur Basis und Laura nutzte die Zeit und besuchte Sarah. Bei Kaffee und Kuchen erzählte sie ihr die ganze Geschichte von Anfang an. Sarah konnte es nicht glauben und war zur Abwechslung einmal sprachlos. Ganz aufgeregt lief sie dann ins Atelier, um nach dem versteckten Geld zu sehen. »Wenn ich davon gewusst hätte, hätte ich nicht mehr ruhig schlafen können.« Sarah kramte eilig in der Kiste, wo das Geld und die Goldbarren deponiert waren.

»Darum hab ich ja nichts gesagt, ich wollte dich nicht unnötig beunruhigen, es tut mir leid.«

»Kein Problem, du darfst bei mir jederzeit alles verstecken. Aber stell dir vor, dir wäre etwas passiert und ich hätte später einmal die Tasche gefunden. Ich wäre ausgeflippt.« Sarah umarmte Laura und flüsterte: »Gott sei Dank ist alles gut ausgegangen.«

Als Laura am Abend das Schlafzimmer betrat, fiel ihr gleich das Bild an der Wand auf. Ihr Bild.

Marc hatte es damals aus ihrer New Yorker Wohnung mitgenommen, sie hatte es ganz vergessen. Nun hing es hier in seinem Schlafzimmer.

»Hast du es schon entdeckt?«, hörte sie Marcs Stimme hinter sich und er legte ihr einen Arm auf die Schulter.

»Was macht mein Bild in deinem Schlafzimmer?«

Laura lächelte und blickte sich um. Marcs moosgrüne Augen sahen sie ernst an. »Unser Schlafzimmer«, sagte er und küsste sie.

Da bemerkte Laura erst, dass da etwas zwischen ihnen war und blickte nach unten. Marc hielt einen kleinen braun-weißen Welpen im Arm. »Ich dachte, jetzt wo du mit Hunden Freundschaft geschlossen hast.«

Tränen stiegen ihr in die Augen. Es war Freude, die sie da überkam. Unglaubliche Erleichterung alles überstanden zu haben und ungetrübtes Glück auf eine Zukunft mit Marc und ... »Wie heißt er denn?«

»Lucky.«

Neugierig auf Band 2 der Boston-Reihe?

Wie es mit Tom und Sarah weitergeht, erfahrt ihr hier.

Die Künstlerin Sarah wird bei ihrer ersten Vernissage in Boston Opfer eines Anschlages. Mit dem Navy-SEAL Tom Belstaff als neuen Nachbarn sollte sich Sarah jetzt sicher fühlen und außerdem ist er gut aussehend, breitschultrig, charmant – kurz: einfach gefährlich sexy.

Doch obwohl die Funken zwischen ihnen nur so sprühen, wehrt sich Tom gegen seine Gefühle.

Plötzlich sind beide in Gefahr und die Lage spitzt sich zu. Tom kämpft gegen den unbekannten Feind, aber auch gegen sein drohendes Karriereende.

Wer hat es auf sie abgesehen und wird es Tom gelingen, zu seinen Gefühlen zu stehen?

Ein spannender Liebesroman, der unter die Haut geht.

Liebe Leserinnen und Leser!

Danke, dass ihr euch für meinen Debütroman entschieden habt, und ich hoffe, er hat euch gefallen.

Über eine Rezension bei Amazon würde ich mich sehr freuen. Damit unterstützt ihr aktiv mein Schreiben und meine Bücher, da es für mich als Indie-Autorin eine der wenigen Möglichkeiten ist, auf meine Bücher aufmerksam zu machen.

Wer wissen will, wie es weitergeht, kann mir auf Amazon folgen. Geht dafür auf meine Autorenseite und drückt dort auf den Folge-Button unter meinem Foto.

Die nächste Geschichte ist schon in Arbeit.

H. Z. Bauer

Printed by Amazon Italia Logistica S.r.l.
Torrazza Piemonte (TO), Italy

42929247R00109